Dorothea Schlegel

Geschichte des Zauberers Merlin

e-artnow 2018

Jack London
Die Herrin des Großen Hauses

Jack London
Der Seewolf

Fjodor Michailowitsch Dostojewski
Der Idiot

Lily Braun
Lebenssucher

Kurd Laßwitz
Homchen (Eine paläontologische Abenteuergeschichte)

Nikolai Gogol
Die Nase & Der Mantel

Maurice Renard
Ein Mensch unter den Mikroben (Science-Fiction-Klassiker)

Hermann Sudermann
Acht Weihnachten

E.T.A. Hoffmann
Fantasiestücke in Callots Manier

Selma Lagerlöf
Die wunderbare Reise des kleinen Nils Holgersson mit den Wildgänsen
(Weihnachtsausgabe)

*Dorothea Schlegel*

# Geschichte des Zauberers Merlin

e-artnow, 2018
Kontakt: info@e-artnow.org

ISBN 978-80-273-1091-3

# Inhaltsverzeichnis

Vorwort 13

I. Von der Versammlung der Teufel und wie sie eine Familie ins Verderben trieben 14

II. Über zwei Schwestern, deren eine tugendhaft war und die andere von Lüsternheit übermannt wurde 16

III. Wie Merlin vom Teufel und einer frommen Jungfrau gezeugt wurde 18

IV. Merlin, der des Teufels und Gottes ist, und von beiden erstaunliche Gaben mitbekommt 20

V. Wie das Kind Merlin die Hinrichtung seiner Mutter verhinderte 23

VI. Über Begebenheiten, die Merlin dem Einsiedler Blasius in die Feder diktierte 27

VII. Wie Vortigern durch Ränke und Listen zur Macht kam 29

VIII. Wie König Vortigern sich seiner Helfer und Widersacher entledigte 31

IX. Wie Vortigern einen Turm bauen ließ, der dreimal zusammenstürzte 33

X. Von sieben ratlosen Astrologen und den Boten, die ausgesandt wurden, um Merlin zu töten 34

XI. Wie Merlin weitere Proben seiner Hellsicht und Prophetengabe ablegte 37

XII. Vom weißen und roten Drachen unter dem Turm, ihrem fürchterlichen Kampf und dem weiteren Schicksal der Astrologen 39

XIII. Wie Merlin König Vortigern die Drachen deutete und ihm den Tod prophezeite 42

XIV. Über den Sieg der Prinzen Pendragon und Uter und die Verwandlungskünste Merlins 43

XV. Wie Merlin dem neuen König in verschiedener Gestalt begegnete, zu seinem Ratgeber wurde und allerhand Schabernack trieb 45

XVI. Wie durch Merlins Rat das Land von den Heiden befreit wurde 49

XVII. Über einen Neider, der Merlin eine Falle stellte und den dreifachen Tod geweissagt bekam, sowie über das Buch der Prophezeiungen 51

XVIII. Wie Merlin die Schlacht gegen die Heiden vorausplante und welchen dunklen Todesspruch er fällte 54

XIX. Wie aus Uter König Uterpendragon wurde und Merlin in Irland Steine auftürmte, die er allein zum Grabmal zusammenfügte 56

XX. Über die dritte Tafelrunde in Wales, an der fünfzig Ritter teilnahmen und ein Platz leer blieb 57

XXI. Wie ein übler Ritter den leeren Platz besetzen wollte und was dann mit ihm geschah 59

XXII. Wie sich Uterpendragon in Yguerne verliebte und ihr durch ihren eigenen Mann einen Becher senden ließ 61

XXIII. Wie der König in Zorn geriet, als er von der Abreise des Herzogs von Tintayol erfuhr, und Genugtuung verlangte 64

XXIV. Von einer langanhaltenden Belagerung und dem Liebeskummer des Königs 66

XXV. Wie sich Uterpendragon, Ulsius und Merlin verwandelten und die Herzogin damit täuschten. Wie König Artus gezeugt wurde und Merlin das Neugeborene für sich verlangte 67

XXVI. Was Ulsius und Merlin dem König rieten, und wie Merlin dann Abschied nahm 69

XXVII. Wie durch geschicktes Reden der König die Witwe Yguerne zur Frau bekam und dafür noch gepriesen wurde 70

XXVIII. Yguerne entdeckt dem König, daß das Kind weder von ihm noch dem Herzog sei, und Merlin verabredet mit Anthor einen Kindestausch 72

XXIX. Wie ein fremder alter Mann das Neugeborene in Empfang nahm und Anthor es dann auf den Namen Artus taufen ließ 74

XXX. Vom Tode Uterpendragons, der Suche nach einem neuen König und von dem Schwert, das keiner aus dem Amboß zog 75

XXXI. Wie Artus versehentlich das Schwert ergriff, das Geheimnis seiner Herkunft erfuhr und etliche Male geprüft wurde, bis zur Krönung 78

XXXII. Wie die Ritter König Artus drohten und er sich in einen Turm verschanzte, Merlin ihm den Weg zu Leodagan wies, zur schönen Genevra und dem Reich Thamelide 82

XXXIII. Über den Wald von Briogne, den Ritter Dionas und seine Tochter Nynianne, die von Merlin allerhand Künste lernte 85

XXXIV. Über Artus' und Merlins letzte Begegnung, die Chronik des Blasius und wie der Zauberer seine geliebte Nynianne alles lehrte, bis er selbst verzaubert wurde 89

XXXV. Wie Gawin auf der Suche nach Merlin zwei seltsame Begegnungen hatte, Merlins Vermächtnis vernahm und schließlich heil zurückkehrte 92

## Vorwort

Rittersinn, Zauberei und Liebe bilden den Inhalt und den Geist jener schönen alten Roma-
ne, welche den größten deutschen Dichtern der schwäbischen Zeit und etwas später auch den
italienischen den Stoff zu ihren herrlichen Ritterliedern gaben.

Die erfindungsreichsten und bedeutendsten unter diesen alten Romanen sind wohl überhaupt
diejenigen, welche sich auf die Tafelrunde und den König Artus beziehen; und unter diesen ist
wiederum nicht leicht einer wunderbarer und eigentümlicher als der vom Zauberer Merlin.

Die gegenwärtige deutsche Bearbeitung dieser Dichtung ist aus den besten französischen
Quellen auf der Pariser Bibliothek in den Jahren 1803 und 1804 gezogen worden.

*Friedrich Schlegel*

# I
## Von der Versammlung der Teufel und wie sie eine Familie ins Verderben trieben

Der böse Feind war voller Zorn, als Jesus Christus zur Hölle hinabgestiegen war und Adam und Eva daraus erlöste, samt allen, die mit ihnen in der Hölle waren. »Wer ist dieser Mensch«, sagten die Teufel voller Furcht, »welcher die Pforten der Hölle zerbricht, und dessen Macht wir nicht widerstehen können? Hätten wir doch niemals geglaubt, daß ein Mensch, vom Weibe geboren, nicht uns angehören sollte, und dieser da zerstört unser Reich. Wie kommt es wohl, daß er geboren werden konnte, ohne daß wir ihn versündigten, so wie es den andern Menschen geschieht?« Da antwortete ein andrer: »Er ist ohne Sünde geboren und nicht aus des Mannes Samen, sondern nach dem Willen Gottes durch seinen heiligen Geist im Jungfrauen-Leib. Darum wäre es wohl gut, wenn wir Mittel finden möchten, gleichfalls einen Leib in einem Weib zu bilden, der nach unserm Ebenbild geformt sei, der nach unserm Willen täte, und alle geschehenen Dinge und alles, was geschieht und gesprochen wird, wüßte so wie wir. Ein solcher könnte uns von großem Nutzen sein. Denn wir müssen darauf sinnen, wie wir wiedergewinnen, was der Welterlöser uns raubte.« Da waren alle Teufel einstimmig und riefen: »Ja, laßt uns Mittel finden, wie einer von uns einen solchen Menschen durch das Weib erzeugen kann.« Da rief einer von ihnen: »Ich habe Gewalt über ein Weib, so daß sie mir gehorcht, und vieles tut, was ich will; auch habe ich die Macht, Menschengestalt anzunehmen. Dieses Weib nun, über welches ich Gewalt habe, wird mir sicherlich Mittel verschaffen, mit einer Jungfrau einen Menschen zu erzeugen.« Es ward also unter ihnen beschlossen, daß dieser darangehen sollte, das Werk auszuführen; aber sie trugen ihm vorher noch auf, daß er ja sorgen solle, daß der Mensch, den er erzeuge, ihnen ähnlich werde und nach ihrem Willen handle.

Der Rat des Satans ging wieder auseinander; der Abgesandte aber eilte, und versäumte keine Zeit, um zu dem Weib zu kommen, über welches er Gewalt hatte.

Es war dies die Frau eines sehr reichen Mannes, der viele Güter besaß, viel Vieh und andre Schätze, von denen manches zu erzählen wäre; er hatte mit dieser Frau drei Töchter und einen Sohn. Satan fand das Weib ganz bereit, alles zu tun, was er verlangte. Er fragte, ob es ein Mittel gäbe, ihren Mann zu betrügen, oder ihn in seine Gewalt zu geben. Das Weib antwortete, das könne nur geschehen, wenn er ihn erzürnte und betrübe. Sie riet ihm deshalb, daß er hinginge und einen Teil seines Viehs umbrächte. Das tat der Teufel sogleich. Als die Hirten die Hälfte der Herden erschlagen sahen, liefen sie zu ihrem Herrn und sagten es ihm an, worüber er sehr erschrak. Als der Böse merkte, daß er schon um die Hälfte seiner Herden so erschrak, ging er in den Stall und tötete in einer Nacht zehn der besten Pferde. Als der reiche Mann das erfuhr, fehlte wenig, daß er rasend wurde; er schrie und tobte und rief: da der Teufel schon so viel geholt habe, gäbe er ihm das übrige alles dazu.

Als Satan dies hörte, war er sehr erfreut und nahm auch alles übrige. Der Mann, der auf einmal sich aller Schätze beraubt sah, betrübte sich so darüber, daß er ganz schwermütig wurde, sich ganz von all den Seinigen entfernt hielt, sich nicht um sie kümmerte und sie nicht um sich leiden mochte, sondern beständig einsam lebte. Der Teufel, der ihn nun so die Menschen hassen sah und wie er alle Gesellschaft floh, war jetzt gewiß, alle Gewalt über ihn zu haben und in seinem Hause schalten und walten zu können. Er ging auch sogleich hin und erwürgte des guten Mannes einzigen schönen Sohn. Darüber wollte der Vater vor Herzeleid und Betrübnis ganz vergehen. Der Teufel ging darauf zur Frau, die er ganz allein fand, und versuchte sie mit der Vorstellung ihres Unglücks dergestalt, daß sie einen Strick nahm und sich daran aufhing. Bald darauf starb der gute Mann, aus Gram über den schrecklichen Tod seiner Frau und seines Sohnes.

Nachdem der Böse dieses vollbracht hatte, überlegte er, wie er die Jungfrauen, die jungen Töchter dieses reichen Mannes, in seine Gewalt bekommen könne; um sie zu betrügen, mußte er erst sich ihnen gefällig bezeigen. Er holte also einen schönen Jüngling, den er schon längst in seiner Gewalt hatte, und brachte ihn zu den Jungfrauen. Der Jüngling brachte es mit lieblichen Reden, mit Hin- und Wiedergehen so weit, daß eine der Jungfrauen sich in ihn verliebte, worüber Satan sehr vergnügt war. Nun ruhte er auch nicht eher, sie mußte dem Jüngling ganz zu eigen werden. Dann ging er hin und entdeckte es der ganzen Welt, damit die Jungfrau zu Schanden werden sollte; denn damals war das Gesetz so: wenn ein Mädchen, das kein öffentliches war, des Umgangs mit einem Manne überführt wurde, so mußte es sterben. Satan brachte es durch Verrat dahin, daß die Richter es erfuhren. Der Jüngling entfloh, und die Jungfrau ward vor Gericht geführt. Die Richter hatten großes Mitleiden mit ihr, um ihres Vaters willen, der ein sehr braver Mann gewesen war. »Wunder!« sagten die Richter, »wie konnte dem armen Mädchen solches Leid widerfahren, es ist ja noch gar nicht lange her, daß ihr Vater, der frömmste Mann im Lande, starb.« Sie wurde verurteilt und lebendig begraben, aber aus Achtung vor ihren Anverwandten geschah es in der Nacht, um Aufsehen zu vermeiden.

So geht es denjenigen, die sich dem Satan einmal ergeben haben.

# II

## Über zwei Schwestern, deren eine tugendhaft war und die andere von Lüsternheit übermannt wurde

Es lebte nicht weit von dem Ort, wo die Jungfrauen wohnten, ein Einsiedler, der einen überaus frommen Wandel führte. Als dieser nun die wunderbare Begebenheit erfuhr, daß die eine der Jungfrauen lebendig begraben worden sei, ging er hin zu den anderen Schwestern, um ihnen mit seinem Rat beizustehen. Zuerst fragte er sie, auf welche Weise sie Vater und Mutter und alle Güter verloren hätten. »Das Schicksal«, sagten sie, »hat es so gewollt; wir werden von Gott gehaßt, und er hat uns zu solcher Betrübnis bestimmt.«

»Gott haßt keinen Menschen«, sagte der fromme Einsiedler; »vielmehr geht ihm alles, was Ihr Böses tut, sehr nahe; durch die Einwirkung des Teufels ist Eure Schwester zu solcher Schande verführt worden. Da Ihr aber nichts davon wißt und bis jetzt befreit davon seid, so hütet Euch ferner vor schlechter Gesellschaft und bösen Eingebungen.«

Der fromme Mann gab ihnen darauf noch viele vortreffliche Lehren. Er unterrichtete sie im Glauben, lehrte sie die göttlichen Gebote und die Tugenden des Heilands. Der ältesten Tochter gefielen diese Lehren wohl, und sie nahm sie sehr zu Herzen, gab sich auch große Mühe, alles zu erlernen, und alles das jeden Tag zu tun, was der fromme Einsiedler ihr zu tun gebot.

»Wirst Du«, sagte er zu ihr, »dem Rat immer so folgen, meine Tochter, und pünktlich so tun, wie ich es Dir heiße, so wirst Du zu vielen Ehren und großem Gut kommen; also folge meinem Rat. Komm zu mir, so oft Du über etwas in Zweifel bist oder in Versuchung gerätst, damit ich Dich mit Hilfe Gottes wieder auf den rechten Weg führe. Laß Dich von nichts bestürzt machen, sondern vertraue auf Gott.« Nachdem der fromme Mann die beiden Jungfrauen so gestärkt und unterrichtet hatte, ging er wieder in seine Einsiedelei, schärfte ihnen aber vorher noch einmal ein, daß sie zu ihm kommen und ihn um Rat fragen sollten, so oft ihnen etwas begegnen würde.

Dem Satan war der Zuspruch des frommen Mannes nicht lieb, er fürchtete sehr, die beiden Jungfrauen zu verlieren; sah auch ein, daß er sie nie würde betrügen können, außer mit Hilfe eines anderen von ihm besessenen Weibes. Er kannte eine, die schon oft seinen Willen getan, und deren er ganz mächtig war. Diese schickte er zu den Jungfrauen; sie wandte sich sogleich an die jüngste, denn mit der ältesten zu reden wagte sie nicht, weil sie zu fromm war. Das Weib nahm also die jüngste auf die Seite und fragte sie, wie sie lebte, und wie sie sich mit ihrer Schwester stände. »Meine Schwester«, antwortete das junge Mädchen, »ist über die vielen Begebenheiten, die wir hintereinander erlebt haben, so nachdenklich geworden, daß sie Essen und Trinken vergißt, und weder mir noch andern ein freundliches Gesicht zeigt. Ein guter, frommer Mann hat ihr Gemüt ganz zu Gott gewendet, sie glaubt und tut nichts, als was dieser Mann ihr sagt.«

»Schade,« sagte das Weib darauf, »daß ein so schönes Mädchen wie Du unter einer solchen Vormundschaft steht; denn niemals wirst Du Dich bei Deiner Schwester Deiner Schönheit erfreuen können. Mein süßes Töchterchen«, fuhr sie fort, »wenn Du wüßtest, welche Freude und welches Wohlleben die anderen Frauen genießen, Du würdest alles, was Du bei Deiner Schwester hast, für nichts achten. Trocknes Brot in Gesellschaft von Männern ist angenehmer, als alle Güter der Welt bei Deiner Schwester. Wie kannst Du es nur so allein aushalten; eine Frau, die keinen Mann kennt und mit keinem umgeht, weiß gar nicht, was Freude ist. Ich sage es Dir, schönes Kind, Du wirst niemals die Liebe eines Mannes genießen, Deine Schwester wird sie eher genießen als Du, denn sie ist die älteste und wird heiraten; dann wird sie sich aber gar nicht mehr um Dich bekümmern, und Du wirst die Freuden Deines schönen Leibes nicht kennen lernen.« Diese Reden machten das junge Mädchen ganz nachdenklich.

»Wie dürfte ich das wohl tun«, fing sie wieder an, »man würde mich lebendig begraben, wie meine Schwester.« – »Deine Schwester«, sagte das Weib, »war eine Törin und hat es sehr übel angefangen; wenn Du mir folgen willst, sollst Du alle Lust Deines Leibes genießen, und kein Mensch soll Dir etwas anhaben können.« – »Jetzt darf ich nicht länger mit Euch reden«, sagte das junge Mädchen, »meine Schwester möchte es gewahr werden; entfernt Euch jetzt, und kommt einen andern Tag wieder.« Das Weib ging fort, und Satan freute sich des guten Anfangs.

Als das Mädchen nun allein geblieben war, überlegte sie unaufhörlich die Reden des Weibes und sprach immer mit sich selber davon. Dadurch wuchs die Lüsternheit, die der Teufel durch jene Reden in ihr entzündet hatte, in ihr immer mehr, so daß als sie des Abends ihre Kleider abgelegt hatte, sie ihren schönen Leib betrachtete und sich dessen freute. »In Wahrheit«, sagte sie, »die kluge Frau hat Recht, ich wäre ohne den Genuß eines Mannes ganz verloren.« Sie ließ bald darauf jenes Weib wieder zu sich rufen und fragte sie, wie sie es machen müßte, einen Mann zu lieben, und nicht verraten und getötet zu werden, wie ihre Schwester. »Du brauchst nur«, sagte jene, »Dich einem jeden öffentlich hingeben. Fliehe wie erzürnt hier aus dem Hause und sage, daß Du es nicht länger mit Deiner Schwester zusammen aushalten kannst; nachher kannst Du tun, was Dir gefällt, und niemand darf Dich vor Gericht fordern oder Dich verurteilen. Wenn Du dann einst des wilden Lebens müde bist, kannst Du immer noch einen Mann finden, der Dich heiratet, um Deiner vielen Reichtümer willen; so wirst Du aller Freuden dieser Welt froh.«

Die Jungfrau folgte wirklich dem verderblichen Rat des verfluchten Weibes, entfloh aus dem Hause ihrer Schwester, und gab sich öffentlich jedem preis.

# III
## Wie Merlin vom Teufel und einer frommen Jungfrau gezeugt wurde

So sehr der böse Feind sich freute, diesen Anschlag gelungen zu sehen, so sehr entsetzte sich die Schwester des Mädchens darüber. Es fehlte wenig, so wäre sie aus Betrübnis wahnsinnig geworden; und sogleich machte sie sich auf den Weg und lief zu dem Einsiedler. Als dieser sie ankommen sah, ging er ihr entgegen und sagte: »Mache ein Kreuz, meine Tochter, und empfiehl Dich Gott; ich sehe, Du bist sehr niedergeschlagen.« – »Ich habe wohl Ursache dazu«, sagte jene, und erzählte ihm, wie ihre Schwester entflohen sei und sich, wie man ihr gesagt, der Schande öffentlich preisgegeben. Der fromme Mann war sehr betrübt über diese Nachricht und sagte: »Noch ist der böse Feind um Dich her und wird auch nicht sobald aufhören, Dich zu verfolgen, um Dich in seinen Schlingen zu fangen, wenn Gott Dich nicht in seine besondere Obhut nimmt. Ich bitte Dich also und befehle Dir, daß Du Dich nicht dem Zorn und der Traurigkeit überläßt, denn über niemand hat der Böse mehr Macht als über die, die sich solchen Leidenschaften hingeben. Komm zu mir, sobald Dir ein Hindernis oder etwas Verderbliches in den Weg gelegt wird. Mache jeden Tag, ehe Du etwas issest oder trinkst, das Zeichen des Kreuzes an Dir; laß stets da, wo Du schläfst, ein Licht brennen, denn der Böse scheut das Licht.«

Nach diesen Lehren des frommen Mannes ging die Jungfrau wieder nach Hause. Viele Leute aus der Stadt besuchten sie und rieten ihr, sich zu verheiraten, damit sie nicht so allein und in Traurigkeit versenkt bliebe. Sie antwortete ihnen aber jedesmal: »Gott wird mir gewiß nichts anders zuschicken, als was mir gut ist.« Mehr als zwei Jahre lang blieb die Jungfrau in ihres Vaters Hause und führte ein sehr gottesfürchtiges frommes Leben. Der Böse konnte durchaus keine Gewalt über sie haben, weder in Gedanken noch in Werken; er suchte beständig sie zu erzürnen, damit sie im Zorn die Befehle des frommen Mannes vergessen möchte. Zu dem Zweck führte er eine Nacht ihre entlaufene Schwester wieder zu ihr, damit sie sich über sie erzürnen möchte; und gleich nach der Schwester schickte er einen Haufen junger Burschen ins Haus, die ihr nachliefen.

Als die Jungfrau dies erblickte, erschrak sie sehr und sagte zu ihrer Schwester: »So lange Du eine solche Lebensart führst, solltest Du nicht zu mir ins Haus kommen, denn Du bist Schuld, daß ich in üblen Ruf komme.« Jene, als sie hörte, daß ihre Schwester ihrem üblen Ruf die Schuld gab, ward ergrimmt und erhitzt und redete wie eine, die vom Teufel besessen ist; sie drohte ihrer Schwester und warf ihr vor, sie liebe den frommen Einsiedler mit weltlicher Liebe, und sie würde hingerichtet werden, wenn die Leute es wüßten. Die Jungfrau ward hoch erzürnt über diesen Vorwurf und befahl ihr, aus dem Hause zu gehen. Jene erwiderte aber, sie hätte zu dem Hause so viel Recht wie sie, und wollte nicht hinausgehen. Die Jungfrau wollte sie bei den Schultern hinaus stoßen, aber sie und die jungen Burschen, die mit ihr waren, wehrten sich und schlugen die arme, erzürnte Jungfrau. Sie entfloh ihnen endlich und schloß sich in ihr Zimmer ein; in ihren Kleidern warf sie sich aufs Bette, weinte sehr und vergaß in ihrer Betrübnis, das Zeichen des Kreuzes über sich zu machen, so wie ihr der fromme Mann befohlen hatte. Der Böse wachte neben ihr, und als er sah, daß sie sich selbst vergessen, dachte er: Nun ist es Zeit, daß wir den Menschen in ihr erschaffen, denn sie steht jetzt nicht in Gottes Obhut.

Darauf legte der Teufel sich zu ihr, und sie empfing, vergraben im festen Schlafe. Gleich nachher erwachte sie, und ihr erster Gedanke war an den frommen Einsiedler; sogleich machte sie das Zeichen des Kreuzes über sich. »Heilige Jungfrau Maria«, betete sie, »wie ist mir geschehen? Ich fühle mich entehrt! Selige Mutter Gottes, bitte Deinen glorreichen Sohn für mich, daß er meine Seele vor Verdammnis bewahre, meinen Leib vor Qualen, und mich schütze gegen die Macht des Bösen.« Nachdem sie so gebetet hatte, stand sie auf von ihrem Bett, und sann herum auf alle ihre Bekannte und suchte zu erraten, welcher Mensch ihr solches wohl möchte getan haben. Sie lief und untersuchte die Tür, fand sie aber dicht verschlossen, so wie sie selbst sie verschlossen hatte, ehe sie sich niederlegte; suchte auch allenthalben in ihrer Kammer herum, ohne etwas zu finden. Da ward sie es gewahr, daß sie vom bösen Feind überlistet und entehrt sei; warf sich sofort auf ihre Knie und betete lang und inbrünstig zu Gott, daß er sie in seinen

Schutz nehmen und sie vor Schande bewahren möge. Als der Tag anbrach, führte der böse Feind die Schwester samt den jungen Leuten wieder zum Hause hinaus; da stand sie auf vom Gebet, öffnete ihre Kammer und überließ sich ganz ihrem übermäßigen Schmerz. Darauf ließ sie durch ihren Diener zwei ehrbare Frauen holen, und von diesen begleitet, ging sie sogleich zu ihrem Einsiedler, um zu beichten. Und wie der fromme Mann sie so voller Leid sah und sie darum befragte, erzählte sie ihm alles, was ihr in dieser Nacht geschehen war; gestand auch ein, daß sie im Zorn seinen Befehl vergessen, und wie sie dann im Schlafe sich entehrt gefühlt habe, ohne einen Mann zu kennen, von dem sie dies vermuten könne, da ihre Tür fest verschlossen gewesen und sie niemand in der Kammer gefunden habe.

Der fromme Mann glaubte ihr erst nicht und beschuldigte sie der Lüge; da sie aber fest auf allem bestand und große Betrübnis zeigte, legte er ihr eine strenge Buße auf, weil sie seinen Befehl vergessen hatte. Die nahm sie weinend an und versprach sie lebenslänglich zu halten; die Buße nämlich, so lange sie lebe, nur einmal am Tag zu essen. Nachdem sie dies gewiß zu halten versprochen, segnete er sie und betete über sie, sagte ihr auch, daß sie jedesmal wieder zu ihm kommen solle, wenn sie seines Trostes bedürfe. Sie ging nach Hause und der böse Geist fand sich zu seinem Verdruß durch ihre Reinheit und Frömmigkeit getäuscht, denn obgleich er sie im Schlafe betrogen, konnte er ihre Seele dennoch nicht verderben und hatte nicht im geringsten Gewalt über sie.

## IV

## Merlin, der des Teufels und Gottes ist, und von beiden erstaunliche Gaben mitbekommt

Nach einiger Zeit wuchs das Kind im Leibe der Jungfrau, und ihre Schwangerschaft wurde sichtbar vor den Augen aller Menschen. Es kamen dann viele Leute zu ihr und fragten sie, da sie ihren Zustand nicht leugnen konnte, wer der Mann sei. »So gebe Gott mir Freude«, antwortete sie, »ich weiß es nicht, von wem ich das Kind habe.« Da verspotteten sie sie, und sagten mit Gelächter: »Also hattest Du mit so vielen Männern zu schaffen, daß Du den Vater Deines Kindes nicht kennst?« – »Niemals«, antwortete sie, »mag ich erlöst werden, wenn ich jemals einen Mann gekannt oder ein Mann meines Willens oder Wissens mit mir zu schaffen gehabt!«

Da machten die anwesenden Frauen das Zeichen des Kreuzes. »Dies ist nicht möglich«, sagten sie, »dies geschieht keiner Frau. Vielmehr denken wir, Du liebst den Mann, der Dich verführte, mehr als Dich selbst, und willst ihn nicht anklagen. Sehr schade ist es um Dich; wenn die Richter es erfahren, so mußt du sterben.« Die Jungfrau wiederholte noch einmal, daß sie von keinem Manne wisse. Die Weiber entfernten sich, erklärten sie für wahnsinnig und meinten, die Reichtümer des Vaters müßten ein übel erworbenes Gut sein, weil nun alles so verloren gehe, und es an den Kindern gestraft werde. Die Jungfrau war sehr erschrocken, ging sogleich wieder zu dem Einsiedler und erzählte ihm alles das, was die Leute zu ihr gesagt hatten. Da der fromme Mann sie wirklich schwangeren Leibes sah, konnte er sein Erstaunen nicht verbergen, fragte sie auch, ob seitdem dieses Wunderbare sich nicht wieder ereignet, und ob sie ihre Buße und seine übrigen Befehle ordentlich gehalten habe. Das erste verneinte sie, auf das letzte aber antwortete sie mit Ja.

Der fromme Einsiedler, über dieses Wunder ganz erstaunt, schrieb Nacht und Stunde auf, wo sie zuerst ihm davon gebeichtet. »Jetzt«, sagte er, »werde ich es genau wissen, ob Du mir Lügen sagtest oder nicht; denn ich vertraue auf Gott und glaube, daß er Dich, wofern Du Wahrheit redetest, nicht wird sterben lassen; aber die Furcht vor dem Tode wirst Du doch ausstehen müssen. Denn sie werden sagen, daß die Strafe Dir von Rechtswegen zukomme; aber eigentlich werden sie Dich um Deines großen Reichtums willen gern umbringen wollen. Sobald Du aber ins Gefängnis gesetzt wirst, laß es mich wissen; ich will Dir, wo möglich, zu Hilfe kommen.«

Die Jungfrau wurde wirklich bald hernach vor die Richter gefordert, und alsbald sandte sie nach dem Einsiedler, der sich sogleich auf den Weg zu ihr machte. Als er aber ankam, stand sie schon vor Gericht. Sobald die Richter den frommen Mann erblickten, erzählten sie ihm die Begebenheit und fragten ihn, ob er wohl glaube, daß ein Weib empfangen könne, ohne mit einem Manne Umgang zu pflegen. »Ich weiß Euch hierüber nichts zu sagen«, antwortete er; »aber mein Rat ist, daß Ihr sie nicht während ihrer Schwangerschaft hinrichtet, denn es ist weder recht noch billig, daß das Kind mit bestraft werde, da es doch nicht gesündigt hat.« Diesen Worten beschlossen die Richter zu folgen. Er riet ihnen auch, sie in einen festgeschlossenen Turm zu bringen und ihr zwei Weiber mitzugeben, die ihr in der Stunde der Geburt hülfen; aber kein anderer Mensch dürfe zu ihr gelassen werden. Er riet ihnen ferner, die Mutter leben zu lassen, bis das Kind reden könne; »alsdann«, sagte er, »werdet Ihr die Wahrheit erfahren und sie nach der Gerechtigkeit richten können.« Die Richter taten alles nach dem Rat des frommen Einsiedlers, gaben ihr zwei Frauen mit in den Turm, die geschicktesten und verständigsten Hebammen und Wärterinnen zu der Zeit; oben im Turm ward ein Fenster gemacht, durch welches man ihnen alles, wessen sie benötigten, reichen konnte.

Ehe die Jungfrau hineingeführt wurde, sagte ihr der Einsiedler: »Meine Tochter, laß Dein Kind taufen, wenn Du niedergekommen bist; und sollten sie Dich hinrichten wollen, so sende nach mir und laß mich rufen.«

Als nun die Zeit der Geburt gekommen war, gebar sie einen Sohn, der die Macht und den Willen des bösen Feindes, seines Erzeugers, haben sollte; aber Satan hatte töricht sich betrogen, indem er die Jungfrau im Schlaf betrog, aber ihre Seele nicht verführte, die ganz des Herrn voll war. Auch war sie gleich, nachdem sie aufwachte, aufgestanden, hatte andächtig gebetet und sich der Dreieinigkeit empfohlen; war dann, so schnell sie konnte, zu dem frommen Mann gelaufen, hatte gebeichtet, Gott und die heilige Kirche angerufen, und Buße und Absolution empfangen; seitdem auch Gottes und der Kirche Gebote auf das treulichste befolgt. Daher kam es, daß der böse Feind wieder verlor, was er erobert zu haben glaubte.

Das Kind der Jungfrau ähnelte darin seinem Erzeuger, dem Teufel, daß es alles wußte, was in der gegenwärtigen Zeit geschah und gesprochen wurde, aber durch die Frömmigkeit der Mutter und vermittelst der Reinigung der Taufe und der Gnade Gottes, erhielt es von Gott die Gabe, die Zukunft vorher zu wissen; so daß das Kind sich Gott oder dem Satan anheim geben konnte, oder auch Gott wiedergeben, was es von ihm hatte, und dem Teufel, was es von dem Teufel hatte. Der Teufel hatte ihm bloß den Körper, Gott aber hatte ihm die Seele und den Verstand gegeben, und zwar diesem Kind mehr als jedem andern, weil es ihm Not tat.

Als er zur Welt kam, fürchteten sich die Frauen vor ihm, denn er war groß und ganz behaart, und niemals hatten sie ein solches Kind zur Welt kommen sehen. Sie überreichten ihn der Mutter, die ein Kreuz machte, als sie seiner ansichtig ward. »Mein Sohn, Du erschreckst mich«, sagte sie. »Auch wir«, sagten die Frauen, »sind so über seinen Anblick erschrocken, daß wir ihn kaum halten können.« Die Mutter befahl, daß man ihn zum Fenster hinunterlasse, damit er getauft würde. »Wie soll er heißen?« fragten die Frauen. »Gebt ihm den Namen, den mein Vater hatte«, antwortete sie, »er hieß Merlin.« Es geschah also; das Kind wurde zum Fenster hinunter gelassen, das Volk nahm ihn, ließ ihn taufen und gab ihm auf Verlangen der Frauen, im Auftrag der Mutter, den Namen Merlin, wie sein Großvater hieß. Darauf wurde er wieder zu seiner Mutter gebracht, denn keine andre Frau würde es gewagt haben, ihn an die Brust zu legen und säugen zu lassen, so sehr fürchteten sich alle vor ihm.

Bis er achtzehn Monate alt war, blieben die Frauen geduldig um die Mutter und leisteten ihr Gesellschaft, mußten sich aber immer mehr über das Kind wundern, das schon im Alter von zwölf Monden so groß und stark war, als wäre es mehr als zwei Jahre alt. Als es aber achtzehn Monate alt war, sagten sie zur Mutter: »Frau, wir wünschten nun wohl von hier weg und zu unsern Freunden und Verwandten zurückzugehen, die uns so lange nicht gesehen haben; uns dünkt, wir hätten nun schon lange genug bei Euch zugebracht.« Die arme Frau fing bitterlich an zu weinen: »O«, sagte sie, »wenn Ihr von mir weggeht, wird man mich hinrichten!« Sie bat die Frauen unter vielen Tränen und Wehklagen, sie doch jetzt noch nicht zu verlassen, und die Frauen traten weinend und die Arme bedauernd in ein Fenster. »Ach mein Sohn«, sagte die Mutter, indem sie ihr Kind auf dem Schoß betrachtete, »ach mein Sohn, um Dich muß ich sterben, und habe doch nicht den Tod verdient; niemand als ich weiß die Wahrheit, aber niemand will mir glauben!« Und als sie so über das Kind weinte und wehklagte, und unsern Heiland anrief, daß er sie stärken möchte, sah das Kind auf einmal sie lächelnd an und sprach zu ihr: »Fürchte Dich nicht, Mutter, Du sollst um meinetwillen nicht sterben.« Die Mutter erschrak so heftig, als sie ihn reden hörte, daß sie ohnmächtig zurücksank und das Kind fallen ließ, das heftig schrie, als es zur Erde fiel.

Die beiden Frauen liefen eilends herzu, und meinten, sie wolle aus Verzweiflung ihr Kind töten. »Warum schreit das Kind?« fragten sie. »Hast Du es töten wollen? Warum liegt es an der Erde?« – »Ich dachte nicht daran, ihm ein Leid zu tun«, sagte die Mutter, als sie aus ihrer Ohnmacht wieder erwachte, »aber ich habe ihn fallen lassen, denn Herz und Arme entsanken mir vor Schrecken über das, was er zu mir gesprochen.« – »Und was«, fragten jene, »hat er Euch gesagt, darüber Ihr so erschrocken seid?« – »Daß ich um seinetwillen nicht sterben würde!« – »Hat er dies wirklich gesagt, so wird er wohl noch mehreres sprechen«, erwiderten die Frauen; nahmen ihn auf den Arm, küßten und herzten ihn und sprachen freundlich zu ihm, um zu sehen, ob er ihnen etwas antworten würde. Aber er blieb ganz still und redete nicht ein Wort. Darauf nahm die Mutter, die nur wünschte, daß er in Gegenwart der Frauen reden möchte, ihn auf den Arm und sagte. »Droht mir einmal, sagt, ich würde um seinetwillen verbrannt werden.« – »Ihr seid doch sehr bejammernswert«, sagten sie, »daß Ihr um des Kindes willen müßt verbrannt werden, wäret Ihr doch lieber niemals geboren!« – »Ihr lügt«, sagte das Kind hierauf; »die Mutter befahl Euch so zu sprechen.« Die Frauen erschraken heftig, als sie ihn so reden hörten; »dies ist nicht ein gewöhnliches Kind«, sagten sie, »es ist ein böser Geist, er weiß alles, was wir gesprochen haben.« Darauf fragten sie ihn vielerlei und machten viel Worte. »Laßt mich in Ruhe«, sagte das Kind. »Ihr seid törichte Weiber und größere Sünderinnen als meine Mutter.« – »Dies Wunder darf nicht verborgen bleiben«, sagten die Frauen, »die Richter müssen es erfahren und die ganze Welt«; sie gingen darauf an das Fenster, riefen die Leute unten am Turm zusammen und erzählten ihnen alles, was das Kind gesprochen hatte. Die Leute liefen zu den Richtern und verkündigten ihnen das Wunder und die seltsamen Dinge, die das Kind geredet, da es doch überhaupt noch nicht in dem Alter war, wo gewöhnlich die Kinder zu reden anfangen. »Es ist Zeit«, sagten die Richter, »daß wir diese Frau hinrichten lassen«; sie ließen allgemein bekannt machen, daß nach vierzig Tagen über diese Frau Gericht gehalten würde.

Als sie dies erfuhr, fürchtete sie sich sehr und ließ es sogleich dem frommen Manne wissen, daß der Tag ihrer Hinrichtung schon festgesetzt sei. Als nun unter Klagen und Leiden der neununddreißigste Tag anbrach, da weinte die unglückliche Frau sehr und war im Herzen betrübt; das Kind aber sah seine Mutter an, war fröhlich und lachte. »Kind, Kind«, sagten die Frauen, »Du denkst wenig an die Leiden Deiner armen Mutter, die morgen um Deinetwillen verbrannt werden soll; verflucht sei die Stunde, in welcher Du geboren wurdest, denn Du bist schuld und die Ursache ihrer Leiden.«

Da lief das Kind zu seiner Mutter hin und sprach: »Höre mich, teure Mutter; ich verspreche Dir, so lange ich lebe, soll kein Mensch so kühn sein dürfen noch irgend ein Gericht so mächtig, daß sie Dich zum Tode verurteilen lassen; in Gottes Hand allein steht Dein Leben.« Die Mutter und die beiden Weiber freuten sich dieser Worte und hatten große Hoffnung zu der Weisheit des Kindes, das schon jetzt seine Mutter tröstete.

# V

## Wie das Kind Merlin die Hinrichtung seiner Mutter verhinderte

Als nun der Tag anbrach, an dem sie hingerichtet werden sollte, begaben die Richter sich an den Turm und ließen die Mutter mit den beiden Frauen zu sich herabkommen. Die Mutter trug das Kind auf ihrem Arm. In diesem Augenblick eilte der fromme Einsiedler herzu. Als die Richter ihn gewahr wurden, sagten sie der Jungfrau, sie solle sich zum Tod vorbereiten, denn sie müsse sterben. »Erlaubt«, sagte sie, »daß ich mit diesem frommen Mann in Geheim spreche.« Die Richter erlaubten es ihr, und sie ging mit ihm in ein besonderes Zimmer, das Kind aber ließ sie draußen bei den Richtern. Sie versuchten allerlei, um es zum Sprechen zu bewegen; aber es kümmerte sich nicht um sie und sprach kein Wort.

Als nun die Mutter dem frommen Einsiedler gebeichtet und unter heißen Tränen mit ihm gebetet hatte, ging er wieder hinaus zu den Richtern; sie aber zog ihre Kleider aus und hüllte sich bloß in einen Mantel, weil sie glaubte, zum Tode geführt zu werden. Darauf ging sie wieder hinaus; als sie die Tür öffnete, lief das Kind auf sie zu, sie nahm es auf den Arm und trat zu den Richtern. »Gute Frau«, sagten die Richter, »jetzt gesteht, wer Vater Eures Kindes ist, und gedenkt nicht länger zu leugnen oder uns etwas verbergen zu wollen.« Darauf antwortete sie: »Gestrenge Herren, ich weiß sehr wohl, daß ich schon jetzt zur Todesstrafe verurteilt bin, und so möge Gott sich meiner nicht erbarmen, noch mir Gnade erzeigen, wenn es nicht die Wahrheit ist, daß ich niemals einem Mann beigewohnt habe noch in irgend einer Gemeinschaft mit irgend einem gelebt habe.« – »Ihr seid zum Tode verdammt«, riefen hierauf die Richter, »denn nach dem Zeugnis aller anderen Frauen ist das unmöglich, und es ist weder Sinn noch Wahrheit in Eurer Aussage.«

Da sprang das Kind Merlin seiner erschrockenen Mutter vom Arm und sagte: »Fürchte Dich nicht, Mutter, Du sollst nicht sterben, so lange ich lebe.« Dann wandte er sich zum obersten Richter. »Du hast sie verurteilt, lebendig verbrannt zu werden, aber davor werde ich sie behüten, denn sie hat solches nicht verdient.

Geschähe allen den Männern und Frauen hier, die heimlich sündigten und mit andern als mit ihren Ehemännern und ihren Ehefrauen lebten, Recht, so würden sie von beiden Teilen verbrannt werden müssen. Ich weiß ihre heimlichen Taten so gut als sie sie selber wissen; wollte ich sie nennen, so müßten sie sich in Eurer Gegenwart all dessen schuldig bekennen, wessen Ihr meine Mutter beschuldigt, die in Wahrheit niemals schuldig war. Dieser fromme Mann hier ist auch so davon überzeugt, daß er vor Gott ihre Schuld auf sich lud.«

»Ja«, sagte der Einsiedler, »es ist wahr, sie hat mir gebeichtet, und ich habe sie ihrer Sünde ledig gesprochen. Sie selber hat Euch gestanden, wie sie im Schlafe und ohne Schuld betrogen worden. Da vorher noch nie ein solches Wunder ist gehört worden, so wird auch mir solches zu glauben sehr schwer.«

»Ihr habt«, sagte das Kind zum Einsiedler, »die Stunde und den Tag aufgeschrieben, an welchem sie zu Euch kam, und Euch ihren Fall beichtete, jetzt dürft Ihr nur nachsehen, ob es mit dem, was sie jetzt spricht, übereintrifft.« – »Du sprichst die Wahrheit«, antwortete der Einsiedler, »Du weißt auch wahrlich mehr als wir andern alle.« Hierauf sagten die beiden Frauen, die mit ihr im Turm gesessen hatten, die Stunde und den Tag aus, als sie, wie vorgegeben, betrogen worden sei, und diese stimmte genau mit der zusammen, die der Einsiedler aufgeschrieben hatte. »Dies alles spricht sie nicht los«, sagte der Richter; »sie muß den Vater des Kindes nennen, damit wir ihn bestrafen können.«

Da rief das Kind Merlin ganz erzürnt und heftig: »Herr, ich kenne meinen Vater besser als Ihr den Eurigen; Ihr wißt nicht, wer Euer Vater ist, aber Eure Mutter weiß genauer, wer Euch gezeugt hat, als meine Mutter weiß, wer mich erzeugte.« Da rief der Richter ergrimmt: »Weißt Du etwas über meine Mutter zu sagen, so sprich!« – »Ja«, antwortete das Kind, »wenn Ihr über Eure Mutter ebenso Gericht halten wollt, denn sie hat viel eher den Tod verdient als meine Mutter! Wenn ich Euch etwas über Eure Mutter sagen werde, das sie eingesteht, werdet Ihr alsdann meine Mutter lossprechen? Denn ich sage Euch noch einmal, sie ist unschuldig und hat den Tod nicht verdient; sie kennt wirklich den, der mich erzeugt hat, nicht.« Der Richter, voll Zorn, seine Mutter vor allem Volke so geschmäht zu sehen, sagte: »Kannst Du das tun, wessen Du Dich rühmst, so soll Deine Mutter frei sein; aber wisse, wenn Du etwas sagst über meine Mutter, das nicht die Wahrheit ist, und sie es nicht bezeugt, so wirst Du samt Deiner Mutter verbrannt.« – »So sende hin, und laß Deine Mutter herholen«, sagte Merlin.

Der Richter sandte hin; Mutter und Kind wurden wieder ins Gefängnis geführt und genau bewacht, nach fünf Tagen sollten sie wieder vor Gericht erscheinen; der Richter selber war unter den Wächtern. Oft wurde während dieser Zeit das Kind von seiner Mutter wie auch von andern ausgefragt, und versucht, es zum Sprechen zu bringen; aber umsonst, es redete nicht ein einziges Wort bis zum fünften Tage, als die Mutter des Richters anlangte. »Hier ist nun meine Mutter«, sagte er zum Knaben Merlin, »von der Du so vieles sagtest, jetzt komm her und sprich; sie wird Dir auf alles, was Du willst, antworten.« Sogleich antwortete Merlin: »Es ist nicht vernünftig von Euch, daß Ihr nicht zuerst mit Eurer Mutter in Geheim redet, und sie selber befragt. Geht und schließt Euch erst mit ihr ein, mit Euren vertrautesten Räten: so wie auch ich die Räte meiner Mutter befragen will, diese sind keine andern als der allwissende Gott und der fromme Einsiedler.«

Alle Anwesende erschraken, als sie das Kind mit so viel Weisheit reden hörten, und der Richter sah wohl ein, daß es recht geredet hatte. Darauf fragte das Kind noch einmal die Richter und alle Anwesende: »Wenn ich meine Mutter diesmal von der gedrohten Strafe und Schande errette, wird sie dann auch auf immer frei sein, und keiner ihr weiter etwas anhaben?« – »Sie soll frei ausgehen«, antworteten alle, »und in Ruhe bleiben.« Darauf entfernte sich der Richter mit seiner Mutter, die Räte und Anverwandte folgten ihm, und sie blieben die ganze Nacht hindurch in ein besonderes Zimmer eingeschlossen.

Den andern Morgen ließ der Richter den Merlin insgeheim zu sich kommen. »Was wollt Ihr von mir?« fragte Merlin. »Höre«, sagte der Richter, »wenn Du eingestehen willst, daß Du nichts von meiner Mutter zu sagen weißt, so soll Deine Mutter frei sein; doch mir insgeheim mußt Du alles erzählen, was Du weißt.« – »Hat Deine Mutter nichts verbrochen«, sagte Merlin, »so werde ich nichts von ihr zu sagen haben, denn ich will weder meine Mutter noch sonst jemand gegen Recht und Gerechtigkeit verteidigen. Meine Mutter hat nie die Strafe verdient, die ihr zuerkannt worden ist von Euch, ich will nichts, als daß ihr Recht geschehe. Folgt mir, laßt sie frei, und wir wollen niemals mehr von dieser Sache reden; es soll dann von Eurer Mutter gar nicht mehr die Rede sein.« – »So kommst Du nicht davon«, sagte der Richter, »Du mußt uns noch ganz andere Dinge entdecken, wenn Du Deine Mutter befreien willst; und wir sind hier dazu versammelt, sie von Dir zu vernehmen.« Da antwortete das Kind und sprach: »Ich sage Euch, meine Mutter weiß nicht, wer mich erzeugte, doch weiß ich es, und kenne meinen Vater sehr wohl. Ihr aber kennt nicht den, der Euch erzeugte, obgleich Eure Mutter ihn sehr wohl kennt. Wenn sie die Wahrheit reden wollte, so könnte sie Euch sagen, wessen Sohn Ihr eigentlich seid; meine Mutter aber kann Euch nicht sagen, wer mich erzeugte, denn sie weiß es nicht.«

»Werte Mutter«, sagte der Richter, indem er sich zu ihr wandte, »bin ich denn nicht der Sohn Eures ehrenwerten Gemahls und Herrn?« – »O Gott, mein lieber Sohn!« antwortete die Mutter, »wessen Sohn könntest Du wohl sein, als der meines teuren Eheherrn, der gestorben ist, Gott sei seiner Seele gnädig.« Hierauf sagte Merlin: »Ich werde mich sicher nur an die Wahrheit halten; wird Euer Sohn mich und meine Mutter losgeben, so sage ich nicht ein Wort, will er aber nicht, so werde ich alles entdecken, sowohl was vorhergegangen, als was nachher geschehen.« – »Ich will nun«, rief der Richter, »daß Du alles sagst, was Du über diese Sache weißt.« – »Besinne Dich wohl«, sagte Merlin, »was Du tust, denn Dein Vater, den ich Dir nennen werde, lebt noch und soll meine Aussage selber bezeugen.« Da die Räte ihn so reden hörten, riefen sie Wunder und machten ein Kreuz über sich. »Nun, Dame«, sagte Merlin zur Mutter des Richters, »bekennt Eurem Sohne die Wahrheit und sagt ihm, wer sein Vater ist, denn ich weiß, wer er ist, und wo er anzutreffen ist.«

»Du Satan, Teufel aus der Hölle«, fing die Dame an, »habe ich es Dir nicht schon einmal gesagt?« – »Ihr wißt es gar wohl, daß er nicht der Sohn des Mannes ist, den er bis jetzt für seinen Vater gehalten.« – »Nun, wessen Sohn ist er denn?« fragte die Dame ganz bestürzt. »Er ist Eures Beichtvaters Sohn, und das wißt Ihr selber recht wohl, denn Ihr selber sagtet ihm, nachdem er das erstemal bei Euch gewesen, Ihr fürchtet schwanger von ihm zu sein. Er sagte darauf, es könnte nicht sein, schrieb sich aber den Tag und die Stunde auf, in welcher er Euch beigewohnt hatte, damit Ihr ihn nicht betrügen und mit andern zu tun haben könntet, denn damals war Euer Herr und Gemahl unzufrieden mit Euch, und Ihr lebtet lange Zeit in Zwist mit ihm. Als Ihr Euch aber schwanger fühltet, eiltet Ihr, Euch mit ihm zu versöhnen, wozu der Beichtvater Euch verhalf. Ist es nicht so? sagt nein, wenn Ihr dürft; denn wenn Ihr es nicht gestehet, so will ich es den Beichtvater selber gestehen lassen.«

Der Richter geriet in großen Zorn, als er Merlin so mit seiner Mutter reden hörte, und fragte sie, ob es wahr sei. Die Mutter war ganz erschrocken, und sagte: »O Gott, willst Du, mein lieber Sohn, diesem Erbfeind glauben?« – »Werdet Ihr nicht sogleich die Wahrheit eingestehen«, sagte Merlin, »so will ich noch andre Dinge sagen, die Euch auch bekannt sind.« Die Dame schwieg, und Merlin fing wieder an: »Nachdem Ihr Euch mit Hilfe des Beichtvaters mit Eurem Eheherrn ausgesöhnt hattet, so daß er wieder mit Euch lebte und Euren Sohn, mit dem Ihr schwanger wart, für den seinigen halten konnte – und auch wirklich dafür hielt, so wie alle die andern Personen, die Euch kannten –, habt Ihr das Verständnis mit dem Beichtvater und Euer Leben mit ihm fortgeführt, und noch jetzt, noch täglich lebt Ihr mit ihm in Vertraulichkeit. Den Morgen eben, ehe Ihr hierher reistet, hat er Euch umarmt, hat Euch eine gute Strecke weit begleitet, und beim Abschied sagte er lachend: ›Gnädige Frau, tut ja alles, was Euer Sohn von Euch begehrt und was er wünscht.‹ Denn er weiß wohl, daß er für seinen eignen Sohn redete.«

Die Dame erschrak sehr, als das Kind dies erzählte, denn sie fürchtete sich, nun statt der andern verurteilt zu werden. Da redete der Richter sie an und sagte: »Geliebte Mutter, wer auch mein Vater sein mag, so bleibe ich doch immer Euer Sohn, und werde Euch als meine Mutter behandeln.« – »So erbarme Dich meiner um Gotteswillen, mein lieber Sohn«, rief die Dame, »denn ich kann Dir die Wahrheit nicht länger verbergen, dieses Kind weiß alles, und es hat die lautere Wahrheit erzählt.« »Er hat es mir wohl gesagt,« sagte der Richter, »daß er meinen Vater besser kenne als ich; ich kann also von Rechtswegen seine Mutter nicht verurteilen, weil ich die meinige nicht bestrafe. Ich bitte Dich, Merlin«, fuhr er fort, »im Namen Gottes, und um Deiner und Deiner Mutter Ehre willen, nenne mir Deinen Vater, damit ich Deine Mutter vor dem Volke rechtfertigen kann.«

»Gerne will ich ihn Dir entdecken«, antwortete Merlin, »viel lieber freiwillig als gezwungen. So wisse denn, ich bin der Sohn des Teufels, der meine Mutter durch List hinterging, und sie, während sie schlief, bezwang, so daß sie von ihm mit mir schwanger wurde. Wisse auch, daß ich seine Macht besitze, sein Gedächtnis und seinen Geist, wodurch mir denn alle geschehenen Dinge und alles was gesprochen ward, bekannt ist, daher weiß ich auch alles das, was Deine Mutter getan hat. Weil aber meine Mutter gleich gebeichtet, mit Leib und Seele Buße getan und die Absolution ihrer Sünde von dem frommen Einsiedler empfangen hatte, hat Gott um meiner Mutter willen mir die Gabe verliehen, daß ich die Zukunft und die Gegenwart weiß, so daß ich mehr Macht und höhere Gaben besitze, als sonst die Menschen von der Natur empfangen. Auch wirst Du über ein Kurzes von allem, was ich sagte, überzeugt werden.« – »Wie das?« fragte der Richter. Da nahm ihn Merlin beiseite und sagte ihm heimlich: »Deine Mutter wird dem, der Dich erzeugte, alles wieder erzählen, was hier vorgegangen; drauf wird er aus Furcht vor Dir entfliehen, und der böse Geist, der noch immer viel Gewalt über ihn hat, wird ihn zu einem Fluß treiben, da wird er sich hineinstürzen und sich ertränken. Du wirst also erfahren, ob ich nicht alles Zukünftige weiß.« – »Wenn dies wirklich geschieht«, sagte der Richter, »sollst Du und Deine Mutter auf immer von aller Verantwortung frei sein.«

Hierauf kamen Merlin, der Richter, seine Mutter und alle seine Räte heraus zum Volke; und der Richter sprach laut, und vernehmlich, so daß ihn jeder verstehen konnte: »Hört mich, Ihr Männer und Mitbürger, ich hatte die Mutter des Knaben Merlin fälschlich und ohne Recht

verurteilt; durch seine große Weisheit und Wissenschaft aber hat er mir die wahren Begebenheiten seiner Mutter entdeckt und sie dadurch von der Todesstrafe befreit. Wegen der Weisheit
und der Schuldlosigkeit des Knaben habe ich seine Mutter freigesprochen; auch befehle ich
hiermit, daß man die Mutter wie auch ihren Knaben auf immer in Frieden lasse, und verbiete
bei harter Strafe einem jeden unter Euch, ihnen etwas zuleide zu tun oder sie zur Verantwortung
zu ziehen; meiner Einsicht nach wird man niemals einen weisern Menschen als diesen sehen.«
Das versammelte Volk rief einstimmig: »Gott sei Lob und Dank!« Denn die Mutter war beliebt
beim ganzen Volke, und sie hatten sie wegen ihres Unglücks sehr beklagt.

Der Richter schickte hierauf seine Mutter wieder zurück und zwei Frauen zu ihrer Begleitung,
denen er heimlich Befehl gegeben, auf alles genau achtzugeben und ihm wieder zu sagen, was
bei seiner Mutter geschehen würde. Sobald sie bei sich angelangt war, ließ sie den Beichtvater
holen, und erzählte ihm Wort für Wort, was sich bei ihrem Sohne zugetragen, und alles was
Merlin gesprochen hatte. Darüber entsetzte sich der Beichtvater gewaltig und konnte kein Wort
hervorbringen. Er ging auch sogleich, ohne Abschied von ihr zu nehmen, aus der Stadt hinaus
und gerade zum Fluß hin, denn er dachte, geblendet vom Satan und verzweifelnd, der Richter
würde ihn gefangennehmen und schimpflich hinrichten lassen. Er zog also vor, sich selber den
Tod zu geben, stürzte sich in den Fluß und ertrank.

Als der Richter dies von den beiden Frauen erfuhr, war er erstaunt, ging sogleich zu Merlin
und sagte ihm, er habe wahr gesagt. »Ich lüge niemals«, erwiderte ihm Merlin, »aber ich bitte
Dich, gehe zu dem frommen Einsiedler, Meister Blasius, und teile ihm diese Nachricht mit.«
Der Richter tat es sogleich, worauf Merlin, seine Mutter und ihr Beichtvater Meister Blasius
sich in Frieden zurück begaben zu ihrer Behausung.

# VI
## Über Begebenheiten, die Merlin dem Einsiedler Blasius in die Feder diktierte

Meister Blasius war ein frommer und sehr gelehrter Mann, der Gott von ganzem Herzen diente. Es erstaunte ihn, das Kind Merlin so weissagen zu hören und solchen übermenschlichen Geist bei ihm wahrzunehmen. Er war im Herzen über diese Seltsamkeit bekümmert und suchte auf allerhand Art Merlin hierüber auszufragen, um die Ursache davon zu erforschen. »Meister Blasius«, fing Merlin endlich an, »ich bitte Dich, gib Dir keine Mühe, mich zu erforschen, denn je mehr Du mich wirst reden hören, desto mehr Ursache wirst Du finden zu erstaunen; beruhige Dich, glaube mir, und tue was ich Dich heißen werde.« – »Wie soll ich Dir glauben«, erwiderte Blasius; »sagtest Du nicht selbst, Du wärst ein Kind des Teufels? Wenn ich dies nun glaube, so wie ich es wirklich glaube, muß ich dann nicht fürchten, daß Du mich täuschst und hintergehst?« – »Sieh«, sagte Merlin, »es ist die Macht der Gewohnheit aller bösen Gemüter, daß sie eher das Böse glauben und annehmen als das Gute. Der Böse sieht nichts als Böses, so wie der Gute nur das Gute sieht.«

Er erklärte ihm darauf das Geheimnis seiner Erzeugung, und wie der Teufel durch sich selber betrogen worden, indem er ihn in dem Leib einer gottgeweihten und reinen Jungfrau erzeugt habe. »Jetzt aber«, fuhr er fort, »höre mich und tue, was ich Dir sagen werde. Verfertige ein Buch, darin Du alle Dinge aufschreiben sollst, die ich Dir vorsagen werde. Allen Menschen, die künftig das Buch lesen werden, wird es eine große Wohltat sein, denn es wird sie bessern und sie vor Sünden bewahren.« – »Sehr gern«, sagte Blasius, »will ich das Buch auf Dein Wort, und nach Deinem Worte verfertigen, ich beschwöre Dich aber zuerst im Namen Gottes, der Dreieinigkeit und aller Heiligen, daß Du mich nichts schreiben läßt, was dem Willen und den Geboten unsers Herrn Jesu Christi entgegen ist.« – »Ich schwöre Dir«, sagte Merlin. »Nun so bin ich bereit«, erwiderte Blasius, »von ganzem Herzen und ganzer Seele zu schreiben, was Du mir befiehlst, ich habe auch Tinte und Pergament, und alles, was zu einem solchen Werke nötig ist.«

Nachdem er alles bereitgelegt, fing Merlin an, ihm vorzusagen; zuerst die Freundschaft von Christus und Joseph von Arimathia, wie auch von Adalam und de Perron und den anderen Gefährten, so wie es sich mit ihnen zugetragen, so wie auch das Ende des Joseph und aller anderen. Nach alledem sagte er ihm die Geschichte und die Ursache seiner wunderbaren Erzeugung vor, mit allen Umständen, so wie wir sie hier vor uns haben.

Blasius war immer mehr erstaunt über die wunderbaren Dinge, die er von Merlin vernahm; die Worte, die er schreiben mußte, dünkten ihm alle gut und wundervoll, und er schrieb eifrig fort. Als sie aber recht mit dem Werk beschäftigt waren, sagte Merlin eines Tages zu ihm: »Meister, es steht Dir große Not bei Deinem Werk bevor, mir selber aber eine noch weit größere.« – »Wie das?« fragte Blasius. »Man wird mich«, antwortete Merlin, »nach dem Abendland holen kommen; diejenigen aber, die von ihrem Herrn mich zu holen gesandt werden, haben ihm mit einem Eid zugesagt, mich zu erschlagen und ihm mein Blut zu überbringen. Sie werden jedoch, so bald sie mich gesehen und mich reden gehört, keine Lust haben, mir Übles zu tun; ich werde alsdenn mit ihnen gehen. Du aber begib Dich von hier weg, und zu denen hin, die das Gefäß des Heiligen Gral besitzen; sei aber stets bemüht, die Bücher weiter zu schreiben.

Diese Bücher werden immer und zu jeder Zeit gern von allen gelesen werden, aber man wird ihnen nicht glauben, weil Du kein Apostel Christi bist; denn diese Apostel schrieben nichts auf, als was sie mit eignen Augen sahen, mit ihren Ohren hörten, Du aber schreibst bloß das, was ich Dir sage. Und eben so, wie ich den Leuten jetzt verborgen und unbekannt bin, gegen welche ich mich nun rechtfertigen muß, eben so werden es wohl auch diese Bücher bleiben, nur wenige Menschen werden sie erkennen und Dir Dank dafür wissen. Auch das Buch von Joseph von Arimathia nimm mit Dir. Wenn Du einst Dein Werk vollendet haben wirst, muß dieses Buch von Joseph mit dazugehören; diese beiden Bücher zusammen werden ein schönes und herrliches Werk ausmachen. Diejenigen, die es künftig lesen und verstehen, werden uns für unsre Mühe segnen. Alle Gespräche und die eigentlichen Worte zwischen Christus und Joseph von Arimathia sage ich Dir nicht, die gehören nicht hierher.«

# VII
## Wie Vortigern durch Ränke und Listen zur Macht kam

Zur selben Zeit regierte ein König, namens Constans. Wir erwähnen nichts von den Königen, die vor ihm regierten; wer aber ihre Anzahl und ihre Geschichte zu wissen verlangt, der muß die Historia von Bretagna lesen, welche Brutus genannt wird; Meister Martin von Glocester hat sie aus dem Lateinischen in die romanische Sprache übertragen.

König Constans hatte drei Söhne, die hießen Moines, Uter und Pendragon. Auch lebte in seinem Lande ein Mann, namens Vortigern, ein sehr tapfrer und mächtiger Ritter von großem Ansehen. Als König Constans starb, beratschlagte das Volk sich, wen es zum Nachfolger erwählen sollte; der größte Teil des Volkes wie die meisten Edlen waren dafür, den Moines, ältesten Sohn des verstorbenen Königs, zu erwählen, ungeachtet er noch ein Kind war; ihm aber, und keinem andern gehörte das Reich von Rechts wegen; Vortigern, als der Mächtigste und Verständigste im Lande, war derselben Meinung. Der junge Moines wurde also zum König und Vortigern einstimmig zu seinem Seneschall ernannt.

Damals war das Reich im Kriege mit den Heiden; sie kamen von Rom und von anderen Seiten her, verheerten das Land und bekriegten die Christen. Vortigern aber regierte das Reich nach eigener Willkür, ohne sich des jungen Königs anzunehmen; der war noch zu unverständig und zu kindlich, um sich selbst raten zu können. Nachdem Vortigern sich nun des ganzen Regiments bemächtigt, so daß ihm niemand entgegen sein durfte und das ganze Reich nur von ihm abhing, wurde er hochmütig und geldgeizig, bekümmerte sich weder um den König noch um das Land, denn er wußte wohl, daß niemand als er etwas unternehmen oder ausführen konnte; er zog sich von allem zurück und lebte bloß für sich. Die Heiden versammelten, als sie diese Nachricht über den Seneschall erhielten, sogleich ein großes Heer und fielen damit in das Land der Christen ein. König Moines ward sehr bestürzt, daß sein Seneschall das Regiment wie auch das Heer verlassen und sich zurückgezogen hatte; in seiner Bestürzung begab er sich sogleich zu ihm hin und bat ihn flehentlich, doch das Heer wieder gegen den Feind anzuführen. Vortigern aber entschuldigte sich mit seinem hohen Alter, das ihm nicht mehr erlaube, in den Krieg zu ziehen noch sich der Regierungsgeschäfte viel anzunehmen. »Nehmt«, sprach er zum König, »einen andern zu Eurem geheimen Rat; Euer Volk haßt mich, weil ich stets zu sehr auf Euern Vorteil bedacht war; erwählt also einen unter ihnen und übergebt ihm mein Amt, denn ich will nichts mehr damit zu schaffen haben.« Die, welche mit dem König bei Vortigern waren, beschlossen, als sie ihn so reden hörten, der König selber solle sich an ihre Spitze stellen, und mit ihm wollten sie gegen den Feind ziehen. Hastig wurde also ein Heer zusammengerafft, und sie zogen ins Feld, König Moines an ihrer Spitze; er war aber viel zu jung und zu unerfahren in Kriegssachen, zudem war das Heer der Heiden viel stärker als das ihrige, auch ihre Anführer sehr tapfer und verständige Männer, daher kam es, daß das Heer des Königs Moines geschlagen ward und floh; er selber entfloh mit ihnen. Nun jammerte und klagte das Volk um seinen Seneschall. »Hätte Vortigern«, riefen sie, »das Heer angeführt, nimmer hätte er die Schlacht verloren, nimmer hätten die Heiden so viel Christen erschlagen!« Auch murrten viele der Großen und Edlen des Reichs gegen den König; er hatte sie durch unvorsichtiges Betragen und durch allerlei Zumutungen sich zu Feinden gemacht. Es entstand also eine große Empörung unter dem Volk, und die vornehmsten und mächtigsten darunter gingen zu Vortigern und riefen ihn zu Hilfe. »Wir sind ohne Oberhaupt«, sagten sie, »denn unser König tut seine Pflicht nicht, wir bitten Euch, nehmt Euch um Gotteswillen unsrer an, seid Ihr unser König und unser Herr; kein Mann auf Erden ist weiser und tapferer als Ihr, also gibt es auch keinen, der dieses Amt besser als Ihr bekleiden könnte, und darum verlangen wir keinen andern als Euch.« Darauf antwortete Vortigern: »So lange Euer rechtmäßiger König noch lebt, kann und werde ich niemals Euer König sein.« »Ach«, riefen die andern, »wir wünschten ihn lieber tot als lebendig zu sehen.« – »Nun«, sagte Vortigern, »dann bringt ihn um, denn solange er am Leben ist, kann ich nicht Euer König sein.« Bei dieser Rede blieb er, was jene auch sagen mochten. Sie gingen also wieder fort, beratschlagten sich und hielten eine Versammlung, zu welcher sie ihre besten Freunde und nächsten Verwandte zogen; hier beschlossen sie, den König Moines wirklich ermorden zu lassen, in der Hoffnung, daß, wenn Vortigern durch ihren Verrat König würde, er ihnen diesen Dienst wohl belohnen werde, und sie durch ihn die eigentlichen Herrscher des Landes sein würden. Sie erwählten zwei der stärksten und gewandtesten Männer unter ihnen; diese gingen hin und ermordeten den jungen König Moines auf eine schändliche verräterische Weise, denn er war noch ein schwacher, wehrloser Knabe und hatte keinen Menschen um sich, der ihn bewachte oder verteidigte.

Nach vollbrachter Tat eilten die Mörder zu Vortigern und erzählten ihm, was sie getan hätten, um ihn zum König zu erheben, und daß sie den jungen König Moines erschlagen haben. Vortigern stellte sich äußerst erschrocken und bis zum Tode betrübt. »Ihr habt übel getan«, rief er, »daß Ihr Euern Herrn, Euern gesalbten König erschlagen habt; Ihr sollt auch dafür bestraft werden; erfährt das Volk Eure Tat, so müßt Ihr sterben. Darum flieht, flieht, meidet dieses Land und das Reich, denn wenn sie Euch fangen, müßt Ihr alle sterben! Warum mußtet Ihr hierher zu mir kommen, um mir eine solche Botschaft zu bringen! Weh Euch! Geht, kommt nie wieder vor meine Augen!« Die Mörder entfernten sich schnell und meinten, Vortigern wäre im Ernst sehr betrübt und erzürnt wegen ihrer Tat.

# VIII
## Wie König Vortigern sich seiner Helfer und Widersacher entledigte

Vortigern wurde einstimmig vom ganzen Volk und von allen Edlen zum König erwählt, mit Hintansetzung der beiden jüngeren Brüder des ermordeten Königs Moines. Diese Knaben hatten jeder einen Hofmeister, weise Männer, die beide dem alten König Constans lange Zeit hindurch treu gedient hatten; auch hatte der alte König sie zum Lohn für ihre Treue zu Hofmeistern der beiden Prinzen ernannt. Diese beiden Herren nun waren erstaunt darüber, daß die Königssöhne von der Krone ausgeschlossen wurden, und sahen voraus, daß Vortigern gewiß nicht unterlassen würde, die Knaben zu erschlagen, sobald sie in das Alter gekommen sein würden, auf das Reich, welches von Rechts wegen ihnen zukäme, Anspruch zu machen. Sie entflohen mit den beiden Prinzen und gingen nach Bourges in Berry; hier waren sie sicher, und hier erzogen sie die beiden Knaben.

Sobald Vortigern zum König gekrönt und gesalbt worden, meldeten sich die Mörder des König Moines bei ihm; Vortigern tat aber, als kennte er sie nicht und als hätte er sie nie vorher gesehen, worüber jene sich sehr ärgerten, da sie eine ganz andere Aufnahme vom König Vortigern erwartet hatten. »Wie, Herr König«, sprachen sie, »Ihr erinnert Euch unser nicht mehr? Ihr wißt ja wohl, das Ihr bloß durch uns König geworden seid. Denkt doch daran, wenn es Euch beliebt, ob Ihr hättet König werden können, wenn wir nicht um Euretwillen den König Moines getötet hätten?« – »Haltet diese Mörder fest«, rief der König laut aus, »und führt sie ins Gefängnis; da Ihr jetzt Eure Mordtat bekannt habt, sollt Ihr Euch auch selber Euer Urteil sprechen. Ihr habt Euern Herrn und König totgeschlagen, wer gab Euch ein Recht dazu? Ihr könntet auch ebenso gut mich umbringen, aber das sollt Ihr nun wohl lassen.« – »Herr König«, riefen diese Männer ganz erstaunt und erschreckt, den Vortigern so sprechen zu hören, »Herr König, wir taten es ja aus Liebe zu Euch.« – »Ei«, sagte König Vortigern, »ich werde Euch zeigen, wie man die Leute liebt.«

Sie wurden alle Zwölfe gefangen und geviertelt; jeder ward von vier Pferden in vier Teile zerrissen, so daß kein Glied ihres Leibes am andern blieb.

Diese Zwölfe hatten aber viele Anverwandte, und alle waren von großer Abkunft und Familie; diese Anverwandte versammelten sich, gingen zum König und machten ihm Vorwürfe wegen seiner grausamen Undankbarkeit. »Ihr habt«, sagten sie, »unsere Verwandten auf eine schimpfliche Weise hinrichten lassen; wisset also, daß wir niemals Euch von ganzem Herzen dienen werden.« Da ergrimmte Vortigern und sagte: »Wenn Ihr noch viel redet, soll es Euch ebenso ergehen wie Euern Vettern.« – »Drohe so viel Du willst, König Vortigern«, sagten sie voll Zorn, »wir fürchten Dich nicht; wisse nur, daß Du niemals Friede und Ruhe mit uns wirst haben, so lange Du lebst; allenthalben wollen wir Dich bekriegen, im offnen Feld, in Burgen und Schlössern, allenthalben sollst Du Krieg finden. Wir erkennen Dich nicht als unsern König; denn Du hast das Reich unrechtmäßiger Weise und gegen Gott und die heilige Kirche an Dich gerissen, Du sollst auch desselben Todes sterben, wie Du unsre Verwandten hast sterben lassen, darauf darfst Du rechnen.« Nach diesen Worten entfernten sie sich, ohne seine Antwort abzuwarten. König Vortigern ärgerte sich sehr darüber, aber er mußte den Schimpf hinnehmen, ohne etwas dagegen tun zu können; er sah wohl ein, daß es nicht Zeit war, etwas gegen sie zu unternehmen.

Auf diese Weise entstand ein großer Zwist zwischen den Baronen des Reichs und dem König. Die Parteien versammelten große Heere, und der Krieg ward sehr lange im Lande fortgesetzt, wobei sowohl der König als seine Untertanen großen Schaden litten; endlich aber siegte der König und jagte die aufrührerischen Barone aus dem Lande. Als er nun die Oberhand behalten und von keinem etwas mehr zu fürchten hatte, wurde er so übermütig und verfuhr so übel mit seinem Volk, daß dieses es nicht länger ertragen mochte und sich gegen ihn auflehnte. Es entstand ein allgemeiner Aufruhr gegen ihn, mehr als die Hälfte des Königreichs fiel von ihm ab. Hierauf schickte ihnen Vortigern Abgesandte und ließ ihnen Friedensvorschläge tun, womit die Aufrührer auch wohl zufrieden waren. Einer unter ihnen, namens Hangius, ein tapfrer und mächtiger Ritter, der immer im Krieg gegen Vortigern sich gehalten, wurde vom Volk zum

Abgesandten erwählt. Hangius wurde auch sehr freundlich vom König aufgenommen, und der Friede auf lebenslang fest gemacht und besiegelt.

Hangius blieb lange Zeit in des Königs Diensten und beredete ihn endlich, daß er seine Tochter zur Frau nahm; dadurch bekam er große Macht und Einfluß über seinen Schwiegersohn, den König, und über das Reich, riß auch nach und nach das ganze Regiment an sich. Das Volk wollte aber nichts von ihm erdulden, weil er kein Christ war, sondern ein Heide; es hatte schon lange darüber gemurrt, daß ihr König keine Christin, sondern eine Heidin zur Gemahlin genommen hatte. Die war es auch, die zuerst das Wort Pöbel erfand und das Volk so benannte, indem sie sagte: »Ich kann mich nicht des Pöbels annehmen gegen meinen Vater!« – Das Volk war also mehr als je unzufrieden mit König Vortigern, denn seine Gemahlin hing der Lehre Mahomets an, zog auch den König selbst und viele seiner Hofleute von der Religion Christi ab.

## IX
## Wie Vortigern einen Turm bauen ließ, der dreimal zusammenstürzte

König Vortigern, als er bedachte, wie verhaßt er bei seinem Volke war und wie über kurz oder lang einmal die beiden jüngeren Söhne des Königs Constans wieder kommen könnten, die sich in der Fremde vor ihm versteckt hielten, und wie er alsdenn sicherlich seines Reiches und vielleicht seines Lebens würde beraubt werden, beschloß zu seiner Sicherheit einen Turm erbauen zu lassen, wohin er sich im Notfall, wenn er überfallen würde, zurückziehen könnte.

Er ließ also die vortrefflichsten Bauleute seines Reiches kommen und gab ihnen genau an, wie der Turm erbaut und befestigt werden sollte; ließ ihnen auch Steine, Kalk, Sand und alle anderen nötigen Dinge zum Bau zuführen. Sie fingen alsbald mit großem Fleiß an; als sie aber mit dem Fundament fertig waren, und etwa drei oder vier Fuß aus der Erde gebaut hatten, fing das ganze Werk an zu beben und zu wanken, und fiel so heftig und mit einer so starken Erschütterung zusammen, daß sogar der Berg, auf dem der Turm angefangen war, einzustürzen drohte. Die Bauleute erschraken und waren verwirrt; »was ist nun zu tun«, fragte einer den andern. Sie kamen überein, daß man den Bau noch einmal anfangen müsse, und zwar noch stärker als das erstemal. Er fiel aber auch das zweitemal zusammen, wie zuerst, und so auch zum drittenmal. Der König wollte ganz rasend und unsinnig über diese wunderbare Begebenheit werden; sagte auch, er würde nie Ruhe oder Freude haben, bis er das Werk vollendet sähe. Er ließ in allen seinen Landen bekannt machen, daß die Weisesten und Verständigsten zu ihm kommen und die Sache mit ihm überlegen sollten. Als sie nun bei ihm angekommen waren, zeigte ihnen der König den angefangenen Bau und erzählte ihnen, wie er dreimal wieder zusammengestürzt sei, als er drei oder vier Fuß hoch gebaut war. Die neu angelangten weisen Männer erstaunten höchlich ob dieser Erzählung, noch mehr aber als sie hinausgingen und das Werk und die Stärke der Mauer sahen. »Herr König«, sagten sie, »wir wollen uns über diese wunderbare Sache beratschlagen, und alsdann Euch unsre Meinung sagen.« Nachdem sie eine geraume Zeit miteinander die Sache überlegt hatten, kamen sie dahin überein, daß sie es nicht wüßten, gingen auch wieder zum König, um ihm diese ihre Meinung zu sagen. »Wir wissen nicht und verstehen nichts davon, Herr König«, sagte der älteste und verständigste unter ihnen, »warum Euer Turm nicht stehen will; laßt aber die weisesten und gelehrtesten geistlichen Männer Eures Landes zusammenberufen, und fragt sie danach, diese werden sicher Euch hinlänglichen Bescheid darüber erteilen, weil sie gelehrt sind und vieles wissen; wir aber haben nicht studiert.«

Der König tat das, er ließ alle gelehrte Geistliche zusammenberufen und versprach demjenigen eine hohe Belohnung, der ihm die Sache erklären würde. Die Geistlichen kamen aus dem ganzen Land von allen Seiten her, rieten hin und her, wußten es so wenig zu sagen wie die ersten Männer, rieten aber dem König, der durch diesen Aufschub immer hitziger und wilder ward, seine Sterndeuter zusammen berufen zu lassen, weil diese es sicher wissen müßten, indem sie jede Sache deutlich in den Sternen läsen. Es geschah nach ihrem Rat, und die berühmtesten Sterndeuter, sieben an der Zahl, kamen zum König und ließen sich die Sache von ihm vortragen; er versprach demjenigen unter ihnen, der die Ursache herausbringen würde, große Ehre und hohe Belohnung.

# X

## Von sieben ratlosen Astrologen und den Boten, die ausgesandt wurden, um Merlin zu töten

Die sieben Astrologen studierten jeder mit vielem Fleiß und großer Anstrengung; sie konnten aber nichts finden, was zu ihrer Absicht gehörte. Es war freilich etwas besonders Seltsames in der Constellation zu sehen, und jeder von ihnen fand es, aber dieses Seltsame paßte nicht und gehörte nicht in das, was sie suchten, und sie wußten es auf keine Weise damit zu verbinden. Als sie nun zusammenkamen und sich ihre Entdeckungen mitteilten, waren sie nicht wenig erschrocken darüber, daß sie alle nur dasselbe gesehen und also über den eigentlichen Grund der Sache nichts heraus gebracht hatten. Dazu kam, daß der König sie sehr drängte, und eiligst zu wissen verlangte, was sie gefunden. »Ach Herr König«, antwortete ihm einer der Astrologen, »wir können Euch eine so schwere Frage nicht so schnell lösen, wie Ihr wohl denkt; wir brauchen noch neun Tage zu unseren Studien.« – »Die sollt Ihr haben«, rief der ungeduldige Vortigern; »aber hütet Euch, wo Ihr nicht am Ende dieser neun Tage mir die wahre Ursache erklärt und ausfindig gemacht habt!«

Nun studierten die Astrologen wieder in den Sternen; und als sie erneut zusammenkamen und sich einander fragten, was sie wahrgenommen, sprach keiner von ihnen etwas, sondern sie sahen sich an und schwiegen still. »Wollt Ihr«, fing endlich der älteste und verständigste unter ihnen an, »mir lieber jeder besonders und heimlich Eure Meinung über die Sache sagen, so will ich bei meiner Treue Euch nicht verraten, und keiner soll von mir erfahren, was die andern mir offenbart.« Dessen waren alle zufrieden, und jeder sagte dem Ältesten insgeheim, was er wahrgenommen, und zu seinem Erstaunen sagten alle dasselbe, nämlich daß sie über die Sache mit dem Turm nichts gefunden; daß sie aber eine andre wunderbare Sache gesehen, nämlich ein Kind, welches jetzt sieben Jahr alt sei, von einer Frau geboren, ohne einen irdischen Erzeuger.

»Ihr habt eines und dasselbe gesehen und mir jeder das nämliche entdeckt«, sagte der Alte; »jedoch eines ist, was Ihr mir alle verschwiegt, und was Ihr doch eben so gesehen habt wie ich, daß nämlich dieses Kind vom Weibe geboren, aber ohne irdischen Vater erzeugt, Schuld an unserm Untergang und die Ursache unsers Todes sein wird. Ist es nicht so?« – »Es ist wahrlich so«, sagten die andern erstaunt und bekümmert. »Nun so hört mich«, fing der Alte wieder an, »wir würden in unsrer Kunst wenig taugen, wenn wir nicht dem, was uns kund getan, abhelfen könnten. Laßt uns nur einig sein und uns nicht in unsern Reden widersprechen, wenn wir vor den König kommen. Folgendes wollen wir ihm einstimmig sagen: ›Wisse, Herr König, daß Dein Turm niemals fest stehen wird und nie zu Ende gebaut werden kann, wenn Du nicht den Grundstein mit dem Blute eines Kindes netzt, das von einem Weib geboren, aber von keinem Mann erzeugt worden ist. Es lebt auch in der Tat ein solches Kind; wenn Du, Herr König, es nur finden kannst und sein Blut auf den Grundstein des Turmes vergießen läßt, so wird der Turm fest stehen und nie wieder fallen.‹ Auch müssen wir dem Könige verbieten«, fuhr der Alte fort, »daß er das Kind nicht selber zu sehen verlangt noch es sprechen hört. Diejenigen, die er aussendet, müssen es, sobald sie es gefunden, hinausführen und auf dem Grundstein töten. Auf diese Weise werden wir uns des Kindes entledigen, von dem wir in den Sternen gesehen, daß es an unserm Tode schuld sein wird.« Auf solche Weise verabredeten sich nun die Sterndeuter über jedes Wort, damit alle dieselben Worte vorbringen würden.

Als sie nun vor König Vortigern gerufen wurden, baten sie sich jeder Gehör bei ihm aus, was er ihnen sogleich bewilligte. »Ist es möglich«, rief er, nachdem er sie alle vernommen und sie ihm alle dasselbe gesagt, »ist es möglich, daß ein solches Wunder auf Erden lebt? Ein Kind ohne Vater erzeugt? Wenn dies sich wirklich so verhält, so seid Ihr sehr weise und gelehrte Männer.« – »Wenn es sich nicht so verhält«, sagten die Astrologen, »so tue der König mit uns nach seinem Wohlgefallen, wir sind in seiner Hand.« – »Aber wie kann es möglich sein?« fragte Vortigern noch einmal. »Niemals«, antworteten jene, »haben wir vorher so etwas gehört; dieses Kind ist ohne Vater erzeugt, lebt, und ist jetzt sieben Jahre alt.« – »Ich will es aufsuchen lassen«, sagte der König wieder, »aber bis es gefunden ist, bleibt Ihr in der genauesten Verwahrung.« –

»Es geschehe so, wie der Herr unser König befiehlt«, sagten jene; »doch hüte sich der König, den Knaben zu sehen oder sprechen zu hören; die Boten, die ihn suchen, müssen ihn sogleich töten, wenn sie ihn gefunden haben, und das Blut auf den Grundstein des Turmes ausgießen.«

Hierauf wurden die Sterndeuter von dem König entlassen und in einem festen Turm wohl verwahrt, wo ihnen Speise und Trank gereicht ward, nebst allem, was sie sonst zum Leben bedurften. König Vortigern aber sandte sogleich zwölf Boten, denen befahl er, auf der ganzen Erde nach einem Knaben zu suchen, der sieben Jahre alt und ohne Vater erzeugt von einem Weibe geboren sei. Niemals sollten sie wieder zurückkommen, wenn sie ihn nicht gefunden. Er ließ sie einen Eid ablegen, daß sie ihn sogleich erschlagen würden, sobald sie ihn hätten. Die Boten verteilten sich je zwei und zwei und suchten den Knaben Merlin nach der Vorschrift des Königs Vortigern. Nicht weit von dem Ort, wo Merlin sich aufhielt, begegneten sich vier Boten und beschlossen, eine halbe Tagreise zusammen zu machen. Sie waren noch nicht lange geritten, da sahen sie einen Haufen Knaben, die spielten und den Ball schlugen. Merlin war unter ihnen und wußte sehr wohl, daß die Boten an diesem Tage kommen würden, und auch, wen sie suchten; als er sie daher kommen sah, nahm er den Schlegel, womit er seinen Ball schlug, und hieb damit einen andern Knaben so derb gegen das Bein, daß dieser anfing zu schreien und zu weinen und den Merlin ausschimpfte. »Du Hurensohn«, schrie er, »hast gar keinen Vater, Deine Mutter hat Dich ja ohne Vater geboren!« Als die Boten dies hörten, standen sie still; »hier ist er«, sagten sie, »nun haben wir ihn endlich gefunden!« Merlin stellte sich zwischen die andern Knaben und lachte als er sah, wie die Boten den weinenden Knaben ausfragten, er solle ihnen den zeigen, der ihn geschlagen. »Hier ist der, den Ihr sucht«, sagte er, »dessen Blut Ihr geschworen habt dem König Vortigern zu überbringen.« – »Wer hat Dir das gesagt?« riefen die Boten voll Erstaunen aus. »Ich will Euch auch sagen«, fing Merlin wieder an, »warum Ihr mich erschlagen sollt, und warum der Turm nicht stehen bleiben will; wollt Ihr mir schwören, mir nichts zuleide zu tun, so gehe ich mit Euch.« Merlin sagte dies bloß, um sie immer mehr in Erstaunen zu setzen, er wußte es sehr wohl vorher, daß sie ihm nichts zuleide tun noch ihn umbringen würden. »Dieses Kind spricht Wunderdinge«, sagten die Boten; »wahrlich, es wäre sündlich es zu töten. Wir schwören Dir«, sagten sie zu Merlin, »Dich nicht zu töten noch Dich töten zu lassen, geh aber mit uns.« – »Ich will wohl«, antwortete Merlin; »vorher aber kommt mit mir zu meiner Mutter, damit ich sie um Urlaub zur Reise bitte und sie mich vorher segne; auch muß ich den frommen Mann, der bei ihr wohnt, noch sprechen.« Er führte also die Boten in das Kloster, wo seine Mutter lebte, ließ sie gut bewirten, auch für ihre Pferde Sorge tragen, dann führte er sie hinein zu Meister Blasius.

»Meister«, redete er ihn an, »hier sind die, von denen ich Euch sagte, daß sie kommen würden, mich zu erschlagen. Höre jetzt, was ich ihnen sage, und schreibe es auf.« Darauf wandte er sich zu den Boten: »Ihr seid einem König untertan, dessen Name ist Vortigern. Dieser König Vortigern will einen Turm erbauen lassen...« und so sagte er den Boten alles aufs Haar, wie es dabei herging, was der König gesagt, und was die weisen Räte und Sterndeuter; auch wie sie vier nebst noch acht andern geschickt worden seien, ihn aufzusuchen und sein Blut dem König Vortigern zu bringen. »Ich selbst«, fuhr er fort, »wollte mich von Euch finden lassen, darum schlug ich den Knaben gegen die Beine, daß er schreien und schimpfend mich Euch verraten mußte.« Hierauf entfernte Merlin sich, und Meister Blasius fragte die Boten: »Verhält alles sich so, wie der Knabe hier sagte?« – »In Wahrheit«, antworteten sie, »es ist alles genau so wie er sagt, oder unsere Seele komme nie zu Gott.« Meister Blasius bekreuzigte sich und sprach: »Es wird ein sehr weiser Mann aus ihm, wenn er leben bleibt, und sehr sündlich wäre es, und gar Schade, wenn Ihr ihn umbringen wolltet.« – »Lieber«, erwiderten die Boten, »wollten wir in Ewigkeit unser eigenes Leben missen und dem König alle unser Hab und Gut überlassen. Er, der Knabe, der so vieles weiß, wird auch, daß dies Wahrheit ist, sicher wissen.« – »Ihr habt Recht«, antwortete Meister Blasius, »ich werde ihn in Eurer Gegenwart darum fragen.« Als nun Merlin wieder zu ihnen kam, sagte ihm Meister Blasius: »Du hast in allem wahr gesagt, jetzt aber antworte mir auf eine andre Frage: Haben diese Boten die Macht und sind sie Willens Dich zu töten?« – »Sie haben wohl die Macht dazu«, antwortete Merlin lachend, »und waren es freilich Willens; jetzt aber haben sie, Gott sei Dank, die Lust dazu verloren, und ich darf wohl mit ihnen ziehen. Schwört mir aber vorher, daß Ihr mich nicht erschlagen und mich wohlbehalten vor den König bringen wollt; hat dieser mich erst reden hören, so bin ich gewiß, daß er mein Blut nicht weiter verlangen wird.«

Die Boten legten den Eid ab, den Merlin von ihnen gefordert. Darauf sagte Meister Blasius: »Ich sehe nun wohl, Merlin, daß Du mich verlassen mußt; sage mir aber vorher, was aus dem angefangenen Buch werden soll?« – »So bald ich von hier weg bin«, antwortete ihm Merlin, »so mache Dich auf und gehe nach der Gegend und in das Land, welches Northumberland genannt wird. Dieses Land ist voller großer Wälder, so daß die Einwohner selbst es nicht genau kennen, denn es gibt da Wälder, wo niemals ein Mensch hingekommen. Dort halte Dich auf, ich werde Dich schon zu finden wissen und Dir alles bringen, was zur Vollendung unseres Werks notwendig ist. Wisse, dieses Werk wird Dir viel Mühe und Arbeit verursachen; sei aber guten Mutes und arbeite mit Geduld, Du wirst am Ende hohen Lohn davon tragen. Es wird dieses Werk von Jahrhundert zu Jahrhundert fortleben, und der Lohn wird dem gleich sein, den Joseph von Arimathia erhielt, als er den heiligen Leib des Herrn vom Kreuz abnahm. Wisse auch, daß ich in dem Königreich, wohin ich jetzt gehe, es dahin bringen werde, daß Männer und Frauen für einen Menschen von gottgeliebter Abkunft tätig sind. Aber erst bei dem vierten König wird dies so sein. König Artus wird er heißen. Geh Du nur dahin, wo ich Dir sagte, ich werde oft zu dir kommen und Dir sagen, was Du schreiben sollst. Alle Lebensbeschreibungen vom König Artus, und aller, die gleichzeitig mit ihm leben, werde ich Dich schreiben lassen, so wie alles, was zu seiner Zeit geschieht; es wird ein wundervolles Werk werden. Du aber wirst alsdann dieselbe Gnade erlangen, welcher alle jene aus der Gesellschaft des heiligen Gral teilhaft werden. Nach unserm Tode wird dieses Buch gefunden werden, und es wird ein ewiges Denkmal sein.«

Meister Blasius sagte: »Ich tue mit Freuden alles, was Du mir befiehlst.« Darauf ging Merlin, in Begleitung der Boten, zu seiner Mutter und beurlaubte sich von ihr. »Ich muß mich von Euch mit diesen fremden Boten entfernen«, sagte er; »es geschieht im Dienste des Herrn, daß ich mit ihnen gehe; auch Meister Blasius muß zu diesem Ende in ein anderes Land ziehen.« – »Sei Gott empfohlen, mein Sohn«, sagte die Mutter, »ich kann Dir nicht den Urlaub vorenthalten, denn alles, was Du beginnst, ist weise und nach dem Willen Gottes. Könnte aber Meister Blasius bei mir bleiben, würde das in meinem abgeschiedenen, der Betrachtung geweihten Leben mir von großem Nutzen sein.« – »Es kann diesmal nicht sein, Mutter«, erwiderte Merlin, nahm Abschied von ihr, und machte sich in Begleitung der Boten auf den Weg. Meister Blasius aber ging, so wie ihm befohlen worden, nach Northumberland.

# XI
## Wie Merlin weitere Proben seiner Hellsicht und Prophetengabe ablegte

Merlin kam mit seinen Begleitern durch eine Stadt, wo Markt gehalten wurde; als sie jenseits der Stadt waren, trafen sie einen jungen Mann, der sich auf dem Markt ein Paar neue Schuh und ein großes Stück Leder gekauft, weil er eine lange Wallfahrt zu tun gelobt hatte. Merlin lachte laut, als er an diesem Mann vorbei war; die Boten fragten um die Ursache seines lauten Lachens. »Fragt den Mann«, sagte Merlin, »was er mit dem Leder zu machen gesonnen sei. Er wird Euch sagen, daß er seine neuen Schuhe damit flicken wolle, wenn sie zerrissen sind, denn er hat eine große Reise vor; ehe er aber seine Schuhe nach Hause getragen, wird er tot sein.« – »Wir wollen sehen«, sagten die Boten, »ob Du die Wahrheit gesprochen; zwei von uns werden Dich begleiten, zwei sollen den Mann anreden und mit ihm gehen.« Sie taten dies, bestimmten aber vorher einen Ort, wo sie sich wieder treffen würden.

Als die zwei an den jungen Mann herangingen, fragten sie ihn, was er mit dem Stück Leder machen wolle, und der Mann sagte ihnen dieselben Worte, die Merlin ihnen vorher gesagt, worüber sie sehr erstaunten; als sie aber noch ein Stück Weges mit ihm gegangen waren, fiel der Mann vor ihnen hin und war tot. Die beiden waren verwundert und erschrocken über diese Begebenheit und machten sich sogleich auf den Weg, Merlin und die andern Gefährten aufzusuchen. Indem sie ritten, unterhielten sie sich von dem wundervollen Kind und seiner Weisheit. »In Wahrheit«, sagten sie, »diejenigen, die seinen Tod verlangten, sind sehr töricht; wir selber möchten viel lieber sterben, als ihm ein Leid zufügen lassen.« Hierauf trafen sie den Merlin wieder an, der, so bald er ihrer ansichtig ward, sich bei ihnen bedankte, daß sie so Gutes von ihm geredet: »Ich weiß jedes Wort, was Ihr von mir gesprochen.« – »Sag es uns, wenn Du es weißt.« Hierauf wiederholte Merlin ihnen alle Worte, die sie von ihm geredet, worüber sie nur immer mehr erstaunten.

Als sie ungefähr eine Tagreise weit im Lande des Königs Vortigern gekommen waren, begegneten sie in einer Stadt einem Leichenzug. Ein Kind wurde zur Erde bestattet, und Männer und Frauen folgten der Leiche in großer Betrübnis und in Trauerkleider gehüllt, wie auch der Prior nebst vielen Geistlichen, die mit Gesänge dem Zuge folgten. Merlin stand stille, und als der Zug vorbei war, fing er wieder an zu lachen. Die Boten fragten ihn erneut, worüber er lache. »Über diese wunderlichen Dinge lache ich«, sagte Merlin; »seht doch, wie dieser gute Mann klagt und trauert, und wie der Prior so brav singt! Umgekehrt sollte es sein, der Prior sollte trauern und der gute Mann könnte singen; denn das Kind, das der Mann beweint, ist nicht sein Kind, wie er wähnt, sondern der Prior ist sein Vater.« – »Wie«, sagten die Boten, »sollte dies wahr sein?« – »Geht hin«, erwiderte Merlin, »zu der Frau des Mannes und fragt sie, warum der Mann solch Leid trüge? Sie wird antworten, weil ihm ein Kind begraben wird. Darauf sagt Ihr nur keck: Ei, Frau, das Kind gehört nicht dem Manne, sondern dem Prior, alle Geistlichen wissen das auch sehr wohl, leugnet es also nur nicht; der Prior hat Tag und Stunde aufgeschrieben, als er bei Euch geschlafen.« Die Boten richteten alles so aus, wie Merlin ihnen vorgeschrieben. Als sie nun der Frau das so dreist sagten, wurde sie über und über rot. »Habt Barmherzigkeit mit mir«, bat sie; »es ist so, wie Ihr sagtet, aber sagt es nur nicht meinem Herrn wieder, er bringt mich sonst ums Leben.« Die Boten kehrten nun wieder zu Merlin zurück. »Du bist«, riefen sie noch lachend über diese Begebenheit, »der vortrefflichste Wahrsager. Jetzt aber, Merlin, nähern wir uns der Stadt, in der wir den König Vortigern antreffen. Nun unterrichte uns nach Deiner Weisheit, wie wir dem König antworten sollen; denn Du weißt wohl, daß wir einen Eid abgelegt, Dich zu erschlagen und ihm Dein Blut zu überbringen.« – »Ihr habt Recht«, erwiderte Merlin; »folgt mir aber, so wird Euch meinetwegen kein Leid widerfahren. Geht zum König und erzählt ihm treulich, was Ihr von mir gehört und gesehen, auch wie Ihr mich gefunden. Sagt ihm auch, ich wolle ihm wohl sagen, warum sein Turm nicht fest stünde; sagt ihm nur, meine Meinung wäre, er müsse mit denen, die er im Gefängnis verwahre, so tun, wie sie ihm geraten mit mir zu tun. Wenn Ihr ihm über alles die Wahrheit von mir berichtet, dann tut, was er Euch befehlen wird.« Zwei von den Boten gingen zum König, der sich freute, als er sie sah; sie baten sich geheimes Gehör bei ihm aus und erzählten ihm alles mit treuer Wahrheit, was sie von Merlin gehört und gesehen, wie er sich ihnen selbst kund gegeben, obgleich er wohl gewußt, daß sie gekommen seien, ihn zu töten; wie er darauf so vielfältig gewahrsagt, und wie er dem König auch sagen wolle, warum sein Turm nicht stehen will. »Ihr müßt mir«, erwiderte der König, »mit Eurem Leben für die Wahrheit dessen stehen, was Ihr mir berichtet!« – »Das wollen wir, Herr König«, sagten die Boten. »Nun, so will ich ihn sprechen«, sagte der König. Die Boten gingen hinaus, Merlin zu holen, der König war aber so voller Begierde, ihn zu sehen, daß er ihnen auf dem Fuße nachritt.

Die Boten kamen zu Merlin, der ihnen entgegenrief: »Ich weiß schon, was zwischen Euch und dem König vorgegangen; Ihr habt mit Eurem Leben für mich gutgesagt, aber Ihr sollt nicht für mich zu zahlen brauchen.« Er ritt mit ihnen, und begegnete dem König Vortigern, der ihnen entgegenritt. Merlin grüßte ihn, sobald er ihn ansichtig wurde; der König gab ihm seinen Gruß wieder, nahm ihn bei der Hand und sprach mit ihm in Gegenwart der Boten. »Du wolltest mich fangen«, sagte Merlin, »um mein Blut zu haben, damit Dein Turm feststünde; versprichst Du mir, mit denen, die Dir diesen Rat gegeben, so zu verfahren, wie sie verlangten, daß mir geschehen solle, so will ich Dir in ihrer Gegenwart zeigen und sagen, warum Dein Turm nicht stehen kann.« – »Bei meinem Leben«, rief der König, »ich schwöre Dir, zeigst Du mir die Sache, so wie Du sagst, dann soll mit jenen geschehen, wie sie wollten, daß es mit Dir geschehe.«

## XII

## Vom weißen und roten Drachen unter dem Turm, ihrem fürchterlichen Kampf und dem weiteren Schicksal der Astrologen

König Vortigern ging hierauf mit Merlin gerade auf den Platz, wo der Turm gebaut werden sollte, und ließ die gefangenen Astrologen vor sich kommen. Merlin ließ sie durch einen der Boten fragen, warum der Turm immer wieder einfiele. Die Astrologen sagten:»Wir wissen nicht, warum er einfällt, aber dem König haben wir gesagt, was geschehen müsse, damit er stehen bleibe.« – »Ihr habt«, sagte Merlin,»den König für einen Narren gehalten, daß Ihr ihm auftrugt, einen Menschen zu suchen, der ohne Vater geboren sei; Ihr Herren tatet das um Eurer selbst und nicht um des Königs willen. Denn so viel habt Ihr wohl herausgebracht durch Eure Bezauberungen, daß Ihr wißt, ein solcher Mensch würde die Ursache Eures Todes sein. Darum ließt Ihr den König diesen Menschen suchen und trugt ihm auf, sein Blut auf den Grund des Turmes zu gießen, damit, wenn er tot sei, Ihr nicht durch ihn umkommen könnt.«

Die Astrologen waren so erschrocken, als Merlin ihre geheimen Absichten entdeckte, daß sie nicht ein einzig Wort vorbringen konnten.»Nun sieh, mein Herr König«, fuhr Merlin fort, »daß diese Männer mein Blut bloß um ihretwillen forderten und gar nicht, weil es zum Bau des Turms notwendig war; Ew. Majestät frage sie, ob ich wahr geredet, sie werden nicht die Frechheit haben, mich Lügen zu strafen.« Die Astrologen gestanden, daß Merlin die Wahrheit geredet, baten aber den König, sie leben zu lassen, bis sie gesehen, ob Merlin wisse, warum der Turm nicht stehen wolle.»Ihr werdet nicht eher sterben«, sagte Merlin,»bis Ihr es mit Euren Augen gesehen.«

Nachdem die Astrologen für diese Gnade gedankt, wandte Merlin sich wieder zum König Vortigern:»Jetzt höre, warum der Turm nicht stehen will, und tue, was ich Dir sage, so wirst Du es selber sehen. Nicht sehr tief unter der Erde, auf dem Fleck, wo der Bau angefangen wurde, ist ein großer Fluß. Unter dem Bett dieses Flusses liegen zwei Drachen, die sich einander nicht sehen, der eine ist weiß, der andre rot; sie liegen unter zwei sehr großen wunderbaren Felsen. Diese Drachen nun fühlten die Last des Gebäudes zu schwer auf sich, darum bewegten sie sich und schüttelten die Last, die sie drückte, von sich. Der König lasse nachgraben, und wenn sich nicht alles Wort für Wort so befindet, wie ich gesagt, so will ich sterben; findet es sich aber so, müssen die Astrologen für mich sterben.« – »Ist es so, wie Du sagst«, erwiderte König Vortigern,»so bist Du der weiseste aller Menschen; aber sage mir, wie muß ich es anfangen, um die Erde fortbringen zu lassen?« – »Auf Wagen und mit Pferden«, antwortete Merlin,»und mit Hilfe vieler Menschen, die sie weit fortführen.« Der König ließ nun alles, was arbeiten wollte, zusammenkommen, worauf sich viele Menschen versammelten, die alle den Tagelohn verdienen wollten, und man fing an, den hohen Berg, worauf der Turmbau angefangen war, abzutragen; die Leute hielten ihren König für töricht, daß er den Worten eines Kindes Glauben beimesse, jedoch durften sie dem König nicht ihre Meinung sagen. Nachdem lange gearbeitet und die Erde weit fortgeführt worden, entdeckten die Arbeiter den großen Fluß und meldeten es sogleich dem König. Dieser, sehr erfreut, nahm Merlin mit hinaus, wo sie denn wirklich den Fluß so fanden, wie Merlin es vorher gesagt.»Wie sollen wir es aber nun anfangen«, fragte ihn König Vortigern,»um unter den Fluß zu sehen?« Merlin ließ sogleich große Gräben und Kanäle machen und leitete so den Fluß weit hinaus in das Feld. Während man daran arbeitete, sprach Merlin zum König:»Wissen sollst Du auch, daß, sobald die Drachen unter den großen Steinen hervorgekommen, sie miteinander kämpfen werden. Berufe also der König die Angesehensten und Geehrtesten seines Landes ein, damit sie diesen Kampf ansehen, der von großer Bedeutung ist.« Sogleich gab der König Befehl, daß man die adeligsten Herren, die achtbaren Männer und Bürger samt den Gelehrten und Geistlichen aller Orden aus seinem Land zusammenrufen solle. Diese versammelten sich auch sogleich und waren sehr verwundert und erfreut, als der König ihnen die Ursache verkündigte, warum sie zusammenberufen wären.»Dieser Kampf wird ein sehr schöner Anblick sein«, sagten sie; einige aber erkundigten sich bei dem König, ob Merlin prophezeit habe, welcher von den beiden Drachen den Sieg davontragen würde. »Dies hat er nicht«, antwortete Vortigern.

Als nun der Fluß abgeleitet war und man die beiden Felsen, unter welchen die Drachen lagen, erblickte, fragte der König den Merlin, auf welche Art man nun diese ungeheuren Steine wegschaffen müsse. Merlin sprach: »Sobald die Drachen die äußere Luft empfinden, werden sie von selber hervorkommen, der König lasse also die beiden Felsen durchbohren, damit die äußere Luft hinzu kann.« Es geschah, so wie Merlin es angab; die Felsen wurden einer nach dem andern durchbohrt, und sogleich kamen die Drachen hervor. Sie waren entsetzlich anzusehen, furchtbar groß und von scheußlicher Gestalt, so daß alle Anwesende Furcht und Abscheu vor ihnen hatten. Der König selber erschrak sehr bei ihrem Anblick und fragte den Merlin, welcher von den beiden den andern besiegen würde. Merlin sprach: »Dies will ich dem König und seinem geheimen Rat besonders vertrauen«; ging darauf mit ihnen beiseite, wo er ihnen folgendes entdeckte: »Der weiße Drache wird den roten nach schrecklichem Kampf und nach großer Mühe und Anstrengung besiegen. Dieser Sieg ist von fernerer großer Bedeutung, die Ihr aber erst nach dem Kampf erfahren sollt, vorher kann ich Euch nichts mehr sagen.« Nun gingen sie wieder hin zum Platz, wo die Edlen und das Volk versammelt waren, dem Kampf zuzusehen. Die Drachen waren blind und sahen einander nicht, wie Merlin auch prophezeit hatte; sobald sie sich aber rochen, fielen sie übereinander her, verschlangen ihren Leib in vielfachen Ringen und Knoten, und bissen sich. Sie hatten auch Klauen, mit diesen zerrten sie sich, so daß es schien, als wenn sie spitze eiserne Haken gebrauchten und sich damit voneinanderreißen würden. Niemals hatten Löwen sich härter und reißender angefallen als diese zwei Drachen. So wie reißende Tiere kämpften sie wütend den ganzen Tag und die folgende Nacht durch. Keiner von den Anwesenden entfernte sich, alle sahen mit großem Eifer dem mächtigen Kampf zu. Der weiße Drache schien beim Volk schwächer als der rote, denn dieser setzte ihm hart zu, und er litt gar viel von dem roten, auch meinte das Volk allgemein, da es den weißen so leiden und schon sehr ermattet sah, daß er unterliegen würde. Auf einmal aber strömte ihm flammendes Feuer aus dem Rachen und aus den Nasenlöchern, so daß der rote Drache davon verbrannte und tot auf dem Platze liegen blieb. Darauf legte der siegende weiße Drache sich neben dem roten, und nach drei Tagen starb er gleichfalls. »Nun«, sprach Merlin zu Vortigern, »magst Du Deinen Turm aufbauen lassen und sicher sein, daß er nicht wieder einfällt, wenn er anders nach der Wissenschaft eingerichtet und gut ausgeführt wird.« König Vortigern ließ die vortrefflichsten und kunstvollsten Baumeister seines Landes zusammenkommen, und befahl ihnen, den Turm so fest und stark zu errichten, als sie zu tun vermöchten, was auch die Baumeister zu tun versprachen. Darauf wurden die Astrologen herbeigeführt, um ihren Urteilsspruch von Merlin zu empfangen, so wie der König es ihm zugesagt. »Ihr seht nun«, sprach Merlin, »wie schlecht Ihr Euch auf Eure Kunst verstanden, Ihr wolltet den Grund finden, warum der Bau einfiel, und da Ihr nichts finden konntet, als meine Geburt und daß Ihr selber durch mich in Todesgefahr wäret, so habt Ihr fälschlich angegeben, mein Blut müsse auf den Grundstein vergossen werden, damit der Turm stehen bleibe. Alsdann wäre freilich Euer Leben nicht mehr in meiner Hand gewesen; aber wäre denn der Bau wohl besser bestanden? Ihr habt also, anstatt das Wohl des Königs zu betrachten, nur Euer eignes beherzigt; eben darum, weil Ihr nur dies vor Augen hattet und große Sünder seid, konntet Ihr auch nicht die Wahrheit in den Gestirnen durch die Wissenschaft finden. Ihr habt mein Blut vergießen wollen, und dafür steht Euer Leben jetzt in meiner Hand; ich will es Euch schenken, und Ihr sollt frei ausgehen, wofern Ihr mir nur Eines versprechen wollt.«

Die Astrologen, als sie hörten, daß Merlin ihnen das Leben schenken wolle, versprachen alles gern zu tun, was er ihnen gebieten würde. »Nun«, sprach Merlin, »so versprecht und schwört mir, Eure Kunst, an der Ihr Euch versündigt habt, nicht mehr zu treiben; geht, bereut es und tut Buße Euer Leben lang, versöhnt Euch mit Gott, damit die Seele in Euch noch Rettung hoffen darf, und somit seid Ihr entlassen und dürft frei ausgehen.« Die Astrologen schwuren voll Freuden alles, was Merlin von ihnen verlangte, und entfernten sich. Als der König und die Edlen des Volks sahen, wie sanftmütig Merlin den Astrologen verziehen und welche Worte der

Weisheit er zu ihnen geredet hatte, bekamen sie eine noch höhere Meinung von ihm. »Er ist der weiseste, der beste Mensch auf Erden«, sagten alle einstimmig, ehrten Merlin und hielten ihn sehr hoch.

# XIII
## Wie Merlin König Vortigern die Drachen deutete und ihm den Tod prophezeite

Jetzt«, sprach Merlin, »ist es Zeit, daß ich dem König und seinen vertrauten Räten offenbare, was diese beiden Drachen, ihr Kampf und der Sieg des weißen über den roten für eine Bedeutung hat.« Der Rat des Königs und die adeligen Herren wurden sogleich versammelt, wo dann Merlin folgendes sprach: »Wisset, Herr König, daß der rote Drache auf Euch selbst deutet, und der weiße deutet auf die Söhne des Königs Constans.« Vortigern schämte sich sehr dieser Deutung, und Merlins Worte setzten ihn in große Verlegenheit. Merlin merkte dies und sprach: »Vortigern, wenn Du es verlangst, will ich von dieser Sache lieber ganz schweigen, damit Du mir nicht etwa deswegen übel willst und mit mir unzufrieden wirst.« – »Nein«, antwortete Vortigern, »ich will alles wissen, Du sollst mich keinesweges schonen, denn hier ist nicht Einer zugegen, der nicht von meinem geheimen Rat wäre.« – »Nun denn«, fing Merlin wieder an, »die rote Farbe des Drachen ist Dein böses Gewissen und Dein törichter Sinn; seine Größe bedeutet Deine Macht. Die Kinder des Königs Constans, denen Du ihr Erbteil vorenthältst und die aus Furcht vor Dir fliehen mußten, das bedeutet der weiße Drache; ihr beider Kampf aber ihre lange Verbannung und Deine Ungerechtigkeit. Und das Feuer, mit dem sie den roten Drachen verbrannten, bedeutet, daß sie Dich in einem ihrer Schlösser verbrennen werden; und glaube nicht, daß der Turm, den Du erbauen läßt, oder irgend etwas andres Dich dagegen schützen kann, denn dieser Tod ist Dir bestimmt.«

Vortigern erschrak, als er dies hörte, und fragte: »Wo sind denn diese Kinder jetzt?« – »Sie sind mit vielem Volk jetzt auf dem Meer«, antwortete Merlin, »ihre Schiffe sind alle wohl bestellt, und sie sind auf dem Wege hierher, in das Land, das ihnen zugehört; sie kommen, um Gerechtigkeit an Dir zu üben, denn sie wissen, daß Du ihren Bruder hast ermorden lassen, obgleich Du nach der Tat Deinen Befehl ableugnetest und die Mörder hinrichten ließest. Von heut über drei Monden landen sie in dem Hafen von Winchester.« – »Ist es denn in Wahrheit so, wie Du sagst?« fragte Vortigern voll Schrecken. »Es wird nicht anders, als daß Du stirbst im Feuer durch Constans' Kinder, so wie der rote Drache von dem weißen verbrannt wurde.«

Merlin nahm nun Abschied vom König Vortigern und ging nach dem Wald von Northumberland, zu seinem Meister Blasius, und erzählte ihm alles, was er getan, und ließ es ins Buch aufschreiben, blieb auch lange Zeit bei ihm, bis zur Zeit, als die Söhne des Constans ihn rufen ließen.

# XIV
## Über den Sieg der Prinzen Pendragon und Uter und die Verwandlungskünste Merlins

Vortigern aber ließ gleich, nachdem Merlin ihm die Ankunft der Söhne des Constans prophezeit, durch sein ganzes Reich ausrufen, daß ein jeder sich und seine Waffen auf den Tag über drei Monde bereit halte; versammelte alsdann alle Gewappneten und ließ sie nach dem Hafen von Winchester ziehen, um ihn zu verteidigen; sagte ihnen aber nicht, gegen wen sie diesen Hafen verteidigen sollten, auch nicht, warum sie versammelt und in Waffen wären; niemand wußte es, als die in seinem Rat saßen.

König Vortigern ging selber mit seinem Heer an den Hafen, und an demselben Tag, den Merlin ihm vorhergesagt, erblickte er im Meere die Flaggen der Schiffe, auf welchen die Prinzen waren; sogleich gab er Befehl, daß ein jeder sich rüste und den Hafen verteidige. Die Söhne des Constans landeten im Hafen, nicht fern von einem Turm, den sie hernach belagerten; als aber die, welche den Hafen bewachen sollten, die Standarten und Flaggen in der Sonne leuchten sahen und das Wappen des Königs Constans darauf erblickten, waren sie so erstaunt darüber, daß sie sich nicht verteidigten, und so lief das erste Schiff, worauf die Söhne des Constans sich befanden, glücklich in den Hafen.

Und als diese nun aus den Schiffen ans Land stiegen, fragten jene sie, wem denn diese Schiffe, diese Standarten und Flaggen zugehörten. »Pendragon und Uter, die Söhne des Königs Constans sind wir«, antworteten sie, »Aurelius Ambrosius ist mit uns, wir kommen dieses Land wieder zu erobern, das uns eigentlich gehört und das der falsche verräterische Vortigern, der unsern Bruder höchst ungerecht hat ermorden lassen, uns vorenthält. Nun kommen wir, unser Recht von ihm zu fordern.«

Als die im Hafen vernahmen, daß es die Söhne des Constans waren, wollten sie nicht gegen sie fechten, bedachten auch, wie es ihnen wohl Schaden bringen könnte, da jener Macht viel stärker war als die ihrige; sie gingen zu Vortigern und verkündeten es ihm. Da nun Vortigern sah und erfuhr, daß die meisten seiner Leute ihn verließen und zu den Prinzen übergingen, überfiel ihn Angst, und er befahl seinen treuesten Männern, den Turm zu besetzen, was auch geschah. Nun liefen die übrigen Schiffe in den Hafen ein, und die Ritter und die andern, die darin waren, stiegen ans Land. Als nun die Herren des Landes sahen, daß es ihre Fürsten waren, gegen welche sie kämpfen sollten, seufzten sie im Herzen, wollten sich auch nicht gegen sie verteidigen; die meisten unter ihnen gingen zu ihnen über und waren erfreut, sie wieder zu sehen, wurden auch von Pendragon und von Uter, seinem Bruder, mit Freuden aufgenommen; und nun gingen sie alle zusammen, den Turm zu belagern, in welchem Vortigern und seine treuen Anhänger sich verschanzt hatten. Die verteidigten sich mit aller Macht gegen die Angreifenden und taten ihnen mit häufigen Ausfällen und tapferer Gegenwehr vielen Schaden. Als endlich Aurelius einsah, daß er den Turm nicht mit dem Schwert erobern konnte, ließ er Feuer herum anlegen und verbrannte den Turm, nebst allen, die darin waren, worunter auch Vortigern der so verbrennen mußte, wie Merlin es vorher gesagt.

Nachher kamen alle und ergaben sich dem Pendragon und seinem Bruder Uter, als ihren rechtmäßigen Herren, halfen ihnen auch, das ganze Land wieder zu erobern, denn Hangius und seine Heiden hielten noch die meisten Städte und festen Plätze. Das Volk aber war voller Freuden, seine rechtmäßigen Herren zu sehen, und aus allen Orten kamen sie ihnen entgegen, und empfingen sie mit großer Freude und vieler Ehre. Nunmehr ließ Aurelius den Pendragon, den ältesten Sohn des Königs Constans, zum König krönen, und ihm von allen Edlen des Landes huldigen und Treue schwören, und so hatte Aurelius den König Pendragon und seinen Bruder Uter wohl zum Ziele geleitet.

Hangius aber hielt mit seinen Heiden noch immer viele feste Plätze und tat dem Lande vielen Schaden. Da versammelte König Pendragon den geheimen Rat und die Edlen des Landes, und befragte sie, wie man sich von diesen Heiden wohl befreien möchte. Einige der Räte erinnerten sich des Merlin und wie dieser dem Vortigern mit solcher Weisheit geraten, und alles vorher gesagt hatte; sie erzählten also dem König Pendragon die Wunder, die sie Merlin hatten verrichten sehen und sagten ihm, wenn er diesen fragen könnte, würde er gewiß die beste und weiseste Antwort auf seine Frage erhalten; denn Merlin, sagten sie, sei sicher der weiseste Mensch in der Welt. »Und wo soll ich ihn aufsuchen lassen?« fragte Pendragon. »Er muß noch im Lande sein«, sagten sie, »denn es ist noch nicht lange, daß er von Vortigern wegging.« Der König schickte sogleich Boten aus im ganzen Land, mit dem Befehl, nicht eher zurückzukommen, bis sie Merlin gefunden. Man wisse, daß Merlin, sobald der König diesen Befehl gegeben, es sogleich wußte, und zum Meister Blasius sagte: er müsse sich sogleich nach einer nicht weit abliegenden Stadt begeben. Er sagte ihm nicht die Ursache davon, wußte aber sehr wohl, daß er dort die Boten des Königs Pendragon treffen würde, die ihn zu suchen ausgingen. Unterwegs nahm er die Gestalt eines alten Hirten an; an seinem Hals eine große Keule, ohne Schuhe an seinen Füßen, ein altes ganz zerrissenes Kleid um sich herhängend, auch trug er einen langen ganz struppichten Bart. So kam er in die Stadt und in das Wirtshaus, wo die Boten saßen, er fand sie gerade beim Mittagessen. Die Boten, als sie ihn hereinkommen sahen, sagten: »Seht, das ist ein wilder Mann.« Merlin aber sah sie an und sagte: »Ihr Herren Abgesandten seid eben nicht sehr bekümmert, Eure Botschaft auszurichten; Ihr bringt Eure Zeit sehr gut mit Essen und Trinken zu, sucht aber den Merlin nicht. Wäre es mir aufgetragen ihn zu suchen, so wie Euch, ich würde ihn besser zu finden wissen.«

Da erhoben sich die Boten von ihren Sitzen, redeten ihn an, und fragten ihn, ob er wisse, wo Merlin sei, und ob er ihn gesehen habe. »Ja, wahrlich ich kenne ihn und weiß auch, wo er sich verbirgt. Er selber sagte mir, daß Ihr ihn zu holen gekommen seid, daß er aber nicht mit Euch gehen würde, wenn Ihr ihn auch wirklich fändet, daß Ihr aber dem König sagen solltet, er würde die Schlösser nie erobern, so lange Hangius noch lebe. Wisset auch, daß von denen, die dem Könige rieten, Merlin holen zu lassen, nur noch einer im Lager des Königs ist. Es sind überhaupt nur noch drei vom großen Rat des Königs am Leben, diesen und dem König selbst dürft Ihr sagen: daß, wenn sie selber herkommen wollen, den Merlin zu suchen, sie ihn im Feld das Vieh hütend finden werden. Kommt der König nicht selber, so wird er gar nicht gefunden.«

Die Boten sahen erstaunt einander an und wußten vor Erstaunen nicht, was sie sagen sollten; als sie sich wieder umsahen und den Mann mit ihren Augen suchten, um weiter mit ihm zu reden, war er nicht mehr da, und sie wußten nicht, wo er hingekommen. »Laßt uns gehen«, sagten sie »und dem König diese merkwürdige Geschichte erzählen.«

# XV
## Wie Merlin dem neuen König in verschiedener Gestalt begegnete, zu seinem Ratgeber wurde und allerhand Schabernack trieb

Die Boten kamen zum König zurück, erzählten ihm alles, was ihnen begegnet war; fanden auch zu ihrer großen Verwunderung alle diejenigen aus dem großen Rat tot, von denen der alte Hirt dies vorhergesagt hatte. Nun riefen alle, die zugegen waren, es könne kein andrer sein, als Merlin selber, der zu ihnen in der Gestalt eines alten Hirten gekommen sei.

König Pendragon ließ sein Reich unter der Obhut seines Bruders Uter, nahm sein Gefolge mit sich und ritt nach Northumberland, wo er, wie die Boten aussagten, den Merlin finden sollte. Er fragte im ganzen Northumberland nach Merlin, keiner aber wußte etwas von ihm zu sagen, denn er hatte sich nirgend zu erkennen gegeben. Endlich vertiefte der König sich in die Wälder und sandte einige von seinen Edelleuten voran in den Wald. Einer von ihnen stieß auf eine große Herde Vieh und einen sehr ungestalteten häßlichen Mann, der sie hütete. Der Edelmann fragte ihn, wem das Vieh angehöre. »Ich gehöre«, antwortete jener, »einem angesehenen sehr weisen Mann aus Northumberland zu; er sagte mir, König Pendragon würde kommen und ihn hier suchen, könnt Ihr mir sagen, ob dem so ist?« – »Ja wahrlich«, sagte der Edelmann, »dem ist so; kannst Du mir den Ort sagen, wo ich den weisen Mann finde?« – »Dir werde ich es nie sagen, dem König aber, wenn er hier wäre, will ich es wohl entdecken.« – »Nun, so geh mit mir zum König.« – »Ei, da könnte ich ja meine Herde schlecht hüten, auch habe ich nicht nötig, den König zu sehen; wenn er zu mir kommt, will ich ihm sagen, wo er findet, was er sucht.« – »Nun, so bitte ich Dich, erwarte mich hier, ich will Dir den König herführen.«

Der König ritt sogleich, als der Edelmann ihm dies erzählte, mit ihm zu dem Hirten in den Wald. Es war wieder Merlin selber, der in Gestalt eines Viehhirten erschien. Er sagte dem König: »Du willst den Merlin holen, aber wüßtest Du auch, wo er ist, er ginge doch nicht eher mit Dir, bis es ihm gefiele; willst Du meinem Rat folgen, so begib Dich in die nächste Stadt; sobald Du dort sein wirst, wird auch Merlin bei Dir sein.« – »Wie soll ich wissen«, fragte der König, »ob das, was Du sagst, die Wahrheit ist?« – »Wenn Ihr mir nicht glauben wollt«, antwortete der Hirt, »so tut nicht, was ich Euch sage; es wäre ja eine Torheit, einem Rat zu folgen, dem man nicht traut.« – »Ich will Dir nicht mißtrauen«, sagte der König, »und will Deinem Rat folgen«, ritt darauf wieder zurück und begab sich in die nächste Stadt; hier kehrte er in ein Wirtshaus ein. Kaum war er abgestiegen, als ein sehr wohl aussehender, gut gekleideter Mann auf einem schönen Pferd ankam, der nach dem König fragte. Es war Merlin selber. Als er vor den König kam, sagte er: »Herr König, Merlin sendet mich und läßt Dir sagen, er sei es gewesen, den Du im Wald als einen Hirten angetroffen hast. Er hatte Dir versprochen, zu Dir herzukommen, er läßt Dir aber sagen, Du bedürfest seiner nicht mehr.« – »Gewiß, mein Freund«, antwortete der König, »ich werde immer seiner bedürfen.« – »Er läßt durch mich Euch gute Botschaft wissen: nämlich Hangius ist tot, Euer Bruder Uter hat ihn erschlagen.« – »Du sagst erstaunliche Dinge!« rief der König höchst verwundert aus, »ist es denn gewiß so wie Du sagst?« – »Wenn Du zweifelst, so schicke hin und erkundige Dich nach der Wahrheit.«

König Pendragon ließ alsbald zwei von seinen Leuten aufsitzen und schickte sie zu seinem Bruder Uter; sie waren aber noch nicht weit geritten, als sie zwei Boten von Uter begegneten, die den König Pendragon aufsuchten, um ihm zu sagen, daß Uter den Hangius erschlagen habe. Alle vier kehrten sie nun in die Stadt zurück, wo König Pendragon immer noch Merlin erwartete. Er war erstaunt, den Tod des Hangius so eingetroffen zu sehen, wie es ihm durch den verwandelten Merlin, den er aber nicht erkannt, war vorhergesagt worden. Er verbot es jenen bei Lebensstrafe, irgendeinem zu sagen, auf welche Weise Hangius erschlagen worden war; er wollte sehen, ob Merlin auch dieses wissen würde, wenn er käme.

Endlich zeigte Merlin sich dem König in seiner wahren Gestalt, so daß alle ihn erkannten, die ihn vormal gesehen. Er nahm den König beiseite und sagte ihm: »Von nun an bin ich ganz der Eurige und will Euch in allem, was Ihr bedürft, beistehen. Ich bin Merlin, nach dem Ihr so lange sucht; ich war der Hirt, der im Walde mit Euch sprach; ich war auch derselbe, der als Abgesandter hier bei Euch war; ich habe auch Eurem Bruder geraten, mit dem Hangius zu fechten. Unter den verschiedenen Gestalten, die ich angenommen, konnten Eure Räte, die mich ehedem gekannt, mich nicht wiedererkennen; denn diese Leute kennen nichts an mir als meine Außenseite, mein inneres Wesen aber werden sie nie erkennen. So wie ich jetzt hier vor Dir stehe, bin ich ihnen bekannt; ich kann aber, wenn ich will, mich immer vor ihnen verbergen. Euch aber, Herr König, bin ich ganz ergeben.«

Der König freute sich so, den Merlin zu haben, als hätte man ihm die ganze Welt geschenkt. Er ließ seine Räte kommen, diese erkannten den Merlin sogleich und waren ganz erstaunt, als sie hörten, daß er unter so mancherlei Gestalt schon mit dem König geredet habe. »Jetzt, Merlin«, fing Pendragon an, »sage mir, wie starb Hangius?« – »So bald als er erfuhr«, sprach Merlin, »daß der König aus dem Lager gegangen sei, um mich aufzusuchen, beschloß er in seinem kühnen Mut, sich bei Nacht zu waffnen und in das Zelt Eures Bruders Uter zu dringen. Ich wußte seine Absicht sogleich, begab mich also zu Eurem Bruder und warnte ihn, daß er auf seiner Hut sei, weil Hangius in der Stadt in sein Zelt kommen wolle, um ihn meuchelmörderisch zu erschlagen; sagte ihm auch viel von des Hangius Kühnheit, Stärke und Tapferkeit. Gott und der seinigen sei Dank! er glaubte meinen Worten. Als nun die Nacht gekommen, schlich Hangius sich mit gezognem Schwert in das Zelt Eures Bruders; dieser war aber nicht darin, so wie ich ihn gelehrt hatte, worüber Hangius sich sehr ärgerte. Als er wieder vom Zelt zurückgehen wollte, paßte Euer Bruder ihm auf und fiel ihn an; sie fochten so lange, bis Uter den Sieg davon trug und den Hangius erschlug.« – »Unter welcher Gestalt erschienst Du meinem Bruder?« fragte der König. »Unter der Gestalt eines sehr alten Mannes.« – »Sagtest Du ihm, wer Du seist?« – »Nein, dies sagte ich ihm nicht, er wird es auch nicht erfahren, als bis Ihr es ihm entdecket.« – »Gehst Du nicht mit mir? denn ich sehe ein, welcher Weisheit Du voll bist, und werde Deines Rates immer bedürftig sein.« – »Je länger ich bei Euch bleibe, je mehr ärgern sich Eure Räte, weil für sie nichts zu tun bleibt, wenn ich Euch guten Rat erteile; aber über zwölf Tage sollt Ihr mich bei Eurem Bruder Uter wiedersehen, in derselben Gestalt, in der ich ihm erschienen bin; aber ich bitte Euch, Herr König, sagt davon keinem Menschen, ich sage Euch sonst nie wieder etwas.« – »Gewiß«, sagte der König, »ich werde keinem Menschen ein Wort davon sagen.«

Sie nahmen also die Abrede, daß Merlin sich den zwölften Tag im Lager Pendragons und Uters einfinden sollte, und trennten sich darauf. Merlin ging wieder in den Wald zum Meister Blasius und ließ ihn alle diese Begebenheiten aufschreiben, so wie wir es hier in seinem Buch finden; Pendragon aber ging zurück ins Lager zu seinem Bruder Uter. Die beiden Brüder freuten sich sehr, als sie einander wiedersahen. Pendragon nahm seinen Bruder sogleich besonders und erzählte ihm mit den kleinsten Umständen, wie er den Hangius erschlagen habe, nebst noch vielen andern Dingen, worüber Uter sehr erstaunte. »Niemand«, sagte er, »kann diesen ganzen Hergang so wissen als Gott, und ein wackrer alter Mann, der mir insgeheim sagte, daß ich vor Hangius auf meiner Hut sein sollte, weil er mich in der Nacht erschlagen wolle. Um Gottes willen also, wer kann diese Dinge Dir erzählt haben?« – »Du siehst also, mein Bruder«, antwortete der König, »daß ich es sehr wohl weiß. Wer aber war der Mann, der Dich warnte? denn hätte er Dich nicht gewarnt, so wärst Du wohl, denke ich, jetzt vom Hangius erschlagen.« – »Bei meinem Leben«, sagte Uter, »ich kenne ihn nicht, hatte ihn auch nie vorher gesehen; aber er schien mir ein rechtschaffener ansehnlicher Mann, darum traute ich seinen Worten.« – »Würdest Du wohl«, fragte Pendragon, »den Mann wiedererkennen, wenn Du ihn vor Dir sähest?« – »Gewiß denke ich ihn wiederzuerkennen.« – »Nach elf Tagen wird er hier bei Dir sein, entferne Dich also zu dieser Zeit nicht von mir, damit auch ich ihn sehe und kennen lerne.« Uter versprach, den Tag, an dem jener erscheinen wollte, bei ihm zu erwarten. Merlin wußte sehr genau, was die Brüder zusammen verabredet hatten, und wie Pendragon ihn auf alle Weise auf die Probe stellen wollte; sagte auch alles dem Meister Blasius wieder und ließ es ihn aufschreiben. »Was werdet Ihr nun mit ihnen machen?« fragte Meister Blasius. »Pendragon und sein Bruder Uter«, antwortete Merlin, »sind schöne liebenswerte edle Fürsten; ich will ihnen mit Liebe und Treue, mit Wort und Tat dienstbar zugetan sein; will ihnen auch gar seltnen Spaß vormachen, daß sie fröhlich darüber lachen sollen. Uter liebt eine schöne Dame von hohem Adel, ich will die

Gestalt des kleinen Pagen dieser Dame annehmen und ihm einen Brief von ihr bringen; er wird mir also glauben, was ich ihm sage, und da ich nun alles, was er mit dieser Dame insgeheim gesprochen hat, sehr wohl weiß, will ich es ihm erzählen, worüber er sehr erstaunt sein wird; und das soll grade auf den elften Tag geschehen, an welchem er mich erwartet.« Er nahm Abschied vom Meister Blasius und kam an dem bestimmten Tag in dem Lager des Königs an. In Gestalt des kleinen Pagen wurde er vor Uter gebracht, der sich sehr freute, eine Botschaft von seiner Dame zu erhalten. Er nahm den Brief, welchen der Page ihm in ihrem Namen überreichte, erbrach ihn mit vor Freude bebendem Herzen und fand die allerlieblichsten Worte darin, auch stand da, daß er dem Pagen alles glauben dürfe, was er ihm sage. Merlin gab ihm darauf die fröhlichsten Nachrichten, erzählte ihm Dinge, von welchen er wohl wußte, daß sie dem Uter viel Vergnügen machen würden, und unterhielt ihn mit solch angenehmen Dingen bis gegen den Abend. Uter freute sich über die Maßen, und beschenkte den Pagen reichlich. Pendragon, der an diesem Tage Merlins Erscheinen erwartete, ward sehr bestürzt, als es Abend wurde und er immer nicht kam. Auch Uter erwartete ihn, und während er mit dem Pagen sich unterhielt, zog dieser sich einen Augenblick zurück, nahm die Gestalt des alten Mannes an, so wie er ihm zum erstenmal erschienen, und zeigte sich ihm so in dem Schloßhof, wo er zuvor mit ihm auf und ab gegangen war. Uter erkannte ihn auch sogleich, ging ihm entgegen und sagte: »Freund, ich bitte Dich, warte hier ein wenig auf mich, bis ich mit meinem Bruder Pendragon gesprochen habe.« Jener willigte ein, auf ihn zu warten, und Uter ging zum König. »Bruder«, rief er, »der Mann ist angekommen.« – »Weißt Du gewiß«, fragte Pendragon, »daß es derselbe ist, der Dich vor Hangius warnte?« – »Ja wohl er ist es, ich kenne ihn genau.« – »So geh doch noch einmal zu ihm hinaus und prüfe ihn, ob es derselbe ist, und wenn Du dessen ganz gewiß bist, so komm und rufe mich.«

Uter gehorchte seinem Bruder und ging wieder hinaus in den Hof, wo er den Mann noch so fand, wie er ihn zuvor verließ. »Ihr seid es«, sagte er, »der mich vor Hangius warnte, wohl kenne ich Euch, und Ihr seid mir sehr willkommen. Wundern muß ich mich aber, daß mein Bruder Pendragon alles genau weiß und mir erzählte, was Ihr mir damals sagtet, und auch alles genau wußte, was ich tat, als Ihr nicht mehr bei mir wart; so wußte er auch, daß Ihr heute herkommen würdet; ich muß mich darüber verwundern, wer ihm alles das mag offenbart haben.« – »Geht, holt Euren Bruder« sagte Merlin, »er soll uns sagen, durch wen er es erfahren.« Uter ging hinein zu Pendragon und sprach: »Jetzt komm, mein Bruder, denn es ist wirklich derselbe Mann.« Pendragon, der wohl wußte, daß es Merlin sei, und daß er seinem Bruder noch verschiedene artige Streiche spielen würde, befahl den Torhütern, keinen Menschen weder hinaus noch herein zu lassen, und als sie beide sich dahin begaben, wo Uter den Mann verließ, fanden sie niemand als den kleinen Pagen. »Nun, Bruder«, fragte Pendragon, »wo ist der Mann?« und Uter stand bestürzt und wußte nichts zu sagen, worüber Pendragon sich sehr ergötzte, weil er wohl merkte, daß Merlin nur scherzen wollte. Er trieb dieses Spiel auch noch eine Zeit lang, bis er sich endlich dem Uter und Pendragon in seiner wahren Gestalt zeigte und ihnen alles erklärte, worüber sie beide noch viel darüber scherzten und fröhlich waren.

»Sieh, mein Bruder« sagte Pendragon, »er ist es, der Dich vor Hangius beschützte; er ist es, den ich zu suchen ausging; er ist es, der Macht hat, alles zu wissen was geschieht und was gesagt wird, so wohl in der Gegenwart wie auch in der Zukunft. Bitten wir ihn also, daß er stets mit uns sei und uns mit seinem Rat und seiner Hilfe beistehe, damit wir nichts ohne ihn unternehmen und er uns allenthalben leite.« Beide Brüder baten ihn also, daß er bei ihnen bleiben möchte, indem sie alles mit ihm beraten, und nur unter seiner Leitung regieren wollten. »Gern«, antwortete Merlin, »will ich Euch raten, nur müßt Ihr an mich glauben«, welches auch beide Brüder zu tun versprachen, weil sie noch alles wahr gefunden, was er ihnen gesagt; beide wiederholten auch nochmals ihre Bitten, daß er nicht von ihnen gehen möchte.

»Gnädige Herren« erwiderte Merlin, »Ihr sollt allein um mich wissen, und Ihr besonders sollt mein Wesen stets erkennen; jetzt aber muß ich notwendig mich nach Großbritannien verfügen, ich bin dazu genötigt und gezwungen. Aber bei Gott schwöre ich Euch, daß, wo ich auch sein möge, ich immer Eure Angelegenheiten zuerst und ganz vorzüglich bedenken und besorgen werde. Laßt es Euch nicht verdrießen und kränkt Euch nicht, wenn ich von Euch gehe, denn ich kann ja zu jeder Stunde des Tages bei Euch sein, wenn es nötig ist, und wo Ihr in Verlegenheit oder in Gefahr seid, werdet Ihr mich bei Euch sehen, meine Hilfe und mein Rat soll Euch niemals fehlen, sobald Ihr dessen benötigt. Wenn ich jetzt wieder zu Euch komme, werden Eure Leute mich bei Euch melden, tut vor ihnen, als sähet Ihr mich zum erstenmal und freut Euch meiner Gegenwart, als käme sie Euch ganz unerwartet. Sie werden Euch alsdann raten, mich um alle Dinge zu fragen, und werden mich sehr rühmen; alsdann könnt Ihr in völliger Sicherheit meinen Rat und meinen Vorschlägen folgen, so als ob es die Meinung der anderen wäre.«

# XVI
## Wie durch Merlins Rat das Land von den Heiden befreit wurde

Merlin beurlaubte sich hierauf vom König Pendragon und seinem Bruder Uter und ging nach Großbritannien, wo er lange blieb, ehe er wieder kam. Unterdessen führten Pendragon und Uter beständig den Krieg gegen die Heiden, die sich sehr im Lande vermehrt hatten, fanden aber kein Mittel, sie zu vertreiben, bis nach vier Monaten Merlin wiederkam. Die alten Räte des Königs Vortigern waren dessen sehr froh und meldeten ihn dem König Pendragon; sie wußten nicht, daß dieser wie auch Uter den Merlin schon kannte. »Merlin«, riefen sie dem König zu, »ist gekommen, dies ist der weiseste von allen lebenden Menschen, und was er Euch zu tun rät, dürft Ihr sicher tun, denn ihm ist das Verborgenste bekannt.« Pendragon tat wie Merlin es ihm empfohlen, freute sich über diese Nachricht, tat aber, als kennte er ihn noch nicht und sagte, er wolle dem weisen Mann entgegengehen. Auf dem Wege erzählten die Räte ihm alles, was Merlin dem Vortigern prophezeit und was er bei ihm ausgerichtet hatte; der König hörte diesen Geschichten von den Drachen und all diesen Prophezeiungen mit Vergnügen zu, bis Merlin ihm begegnete. Die Räte stellen ihm denselben vor, und er erzeigte ihm alle Ehre und Höflichkeit, als sähe er ihn zum erstenmal, führte ihn darauf in seinen Palast, wo die alten Räte dem Könige insgeheim sagten: »Herr König, da Ihr nun den Merlin habt, laßt Euch nur von ihm raten, wie Ihr den Krieg glücklich beendigt und den Sieg über Eure Feinde davon tragen mögt; was er Euch sagt, dürft Ihr sicher befolgen.« Sie verließen darauf den König, und er blieb mit Merlin allein.

Nachdem er drei Tage lang sich mit ihm ergötzt und ihm alle Ehre und alles Vergnügen erwiesen, berief er eine große Ratsversammlung ein und ging in Merlins Begleitung dahin. Er redete den Merlin an und sagte ihm alles, was die alten Räte ihm von seiner Weisheit gesagt; bat ihn auch darum, ihm zu raten, wie er die Heiden wohl aus dem Lande treiben könnte. »Wisset«, antwortete Merlin, »seit Hangius ihr Anführer tot ist, wünschen sie nichts so sehr, als nur aus dem Lande zu sein. Meine Meinung ist, Ihr sendet ihnen Boten, mit dem Auftrag, einen Waffenstillstand von drei Wochen von ihnen zu begehren. Sie werden zur Antwort geben, daß dieses Reich ihnen zugehöre, daß sie es von Euch zurück verlangen, und werden Euch keinen Waffenstillstand verstatten. Darauf laßt ihnen nur zur Antwort wissen, daß, wenn sie nicht sogleich die Schlösser und festen Plätze ausliefern würden, Ihr sie alle umbringen wolltet.«

Der König sandte sogleich den Ritter Ulsin, einen sehr verständigen Mann, nebst noch zwei anderen Rittern als Abgesandte zu den Heiden, mit dem Auftrag, wie Merlin ihm vorgeschrieben. Die Abgesandten kamen vor die obersten Anführer und Hauptleute der Heiden, die in einem der festesten Schlösser des Landes saßen. Diese nahmen die Boten des Königs ehrenvoll auf, und der Ritter Ulsin trug ihnen das Verlangen des Königs vor, daß sie ihm nämlich einen Waffenstillstand von drei Wochen gestatten sollten. Die Heiden verlangten bis den andern Tag sich zu beraten, worauf Ritter Ulsin und seine Begleiter sich entfernten. Die Heiden beratschlagten sich nun die ganze Nacht hindurch und bedachten: wie sie erstlich durch Hangius' Tod den großen Verlust erlitten, hernach wie es ihnen an allen Lebensmitteln in ihren festen Burgen und Schlössern fehle und das Volk im Lande sie nicht gern sehe; bedachten aber auch andrerseits wieder, daß, da der König um Waffenstillstand ersuchen lasse, es doch mit ihm schwach bestellt sein müsse. Obgleich sie nun auf jeden Fall nur wünschten, ihr Leben und ihr Gepäck zu retten, weil es nicht gut in einem Lande bleiben ist, wo man nichts zu essen hat, ließen sie dem Könige dennoch folgendes zur Antwort wissen: »Der König überlasse uns das Land, die Städte und die festen Schlösser in Frieden, dafür wollen wir ihm jedes Jahr dreißig wohl gerüstete und wohl berittene Ritter geben, nebst zehn Jungfrauen, zehn Damen und zehn Fräulein, nebst den zugehörigen Dienern und Dienerinnen, wie auch hundert Falken, hundert Rosse, und hundert Zelter.«

Die Abgesandten kamen mit diesem Bescheid wieder zum König Pendragon und erzählten ihm alles bei versammeltem Rat, was ihnen bei den Heiden widerfahren war und welchen Bescheid sie gegeben. König Pendragon wandte sich zu Merlin, und fragte ihn, was er nun zu tun habe. »Gestattet Ihr ihnen dieses«, antwortete Merlin, »so tut Ihr dem Reich großen Schaden in der Zukunft. Laßt ihnen sagen, daß sie sogleich ohne Aufschub das Land räumen, und Ihr sollt sehen, daß sie es recht gern tun, denn sie haben keine Lebensmittel mehr und sterben Hungers; schenkt ihnen ihr Leben, sie werden nichts mehr verlangen.« Es geschah so wie Merlin es verlangte, und der König ließ ihnen des andern Tages durch dieselben Boten befehlen, sogleich abzuziehen. Die Heiden waren froh, diesen Befehl zu hören, sie versammelten sich sogleich und zogen samt und sonders ab, der König schenkte ihnen Schiffe, und sie gingen alle übers Meer fort aus dem Lande.

So ward durch Merlins Rat das Land von den Heiden befreit, wodurch er beim Volke zu großen Ehren und Ansehen gelangte. König Pendragon regierte lange Zeit in Frieden, und sein Volk liebte und ehrte ihn über die Maßen. Er drückte auch sein Volk auf keine Weise und tat ihm keine Art von Zwang an. Merlin war stets bei ihm, und er tat nichts ohne Merlins Beistimmung, keines andern Rat galt bei ihm als der seinige.

# XVII

## Über einen Neider, der Merlin eine Falle stellte und den dreifachen Tod geweissagt bekam, sowie über das Buch der Prophezeiungen

Es lebte im Reich ein sehr reicher vornehmer Herr, von hoher Abkunft und einer der mächtigsten im Land nach dem König; er war aber von hassender boshafter Gemütsart, voll Neid und bösen Willen. Dieser war neidisch auf Merlin, so daß er es nicht länger ertragen konnte, ging also zum König und sprach:»Herr König, ich wundre mich sehr, wie Ihr dem Merlin so ganz unbeschränkten Glauben beimessen könnt, da doch alles, was er weiß, vom bösen Feinde herrührt und er ganz von seinen Künsten voll ist. Wollt Ihr mir erlauben, so will ich ihn in Eurer Gegenwart auf die Probe stellen, und Ihr sollt sehen, daß alles nur Lug und Betrug ist.« Der König gab ihm die Erlaubnis, unter der Bedingung, daß er den Merlin auf keine Weise beleidigen solle;»ich verspreche«, sagte der Herr,»daß ich ihm nichts zu Leide tun und seinem Leib nicht nahekommen will.«

Als nun Merlin einst mit dem König sich unterhielt, kam dieser vornehme Herr, begleitet von zwanzig anderen, und stellte sich als wäre er sehr krank.»Seht«, sagte er zum König,»hier ist der weise Merlin, der dem König Vortigern seine Todesart vorausgesagt, wie Ihr ihn nämlich verbrennen würdet; es gefalle Euch also, Herr König, ihn zu bitten, daß er mir sage, welche Krankheit ich habe, und welchen Tod ich sterben werde.« Der König und die Begleiter des vornehmen Herrn gingen nun den Merlin mit Bitten an, daß er es tun möge. Merlin wußte sehr wohl, was dieser Mann wollte, kannte auch seinen Haß und Neid recht gut.»Wisset, gnädiger Herr«, sagte er,»daß Ihr zur Stunde eben nicht gar krank seid. Ihr werdet aber vom Pferd fallen und den Hals brechen, das wird Euer Ende sein.« – »Davor wird mich Gott bewahren«, sagte der Herr lachend, als wollte er über Merlins Rede spotten, und sprach darauf insgeheim zum König: »Erinnert Euch wohl, mein König, der Rede Merlins, denn ich werde ihn auf die Art unter einer anderen Gestalt in Eurer Gegenwart prüfen«, nahm darauf Abschied vom Könige und reiste zu seinen Gütern. Nach zwei oder drei Monden kam er wieder, in einer Verkleidung, daß man ihn nicht erkannte, und sich krank stellend; ließ den König insgeheim bitten, daß er doch mit Merlin zu ihm komme, aber er sollte Merlin nichts davon sagen, daß er es sei. Der König ließ ihn wissen, er würde ihm den Merlin zuführen, und durch ihn sollte er sicher nichts erfahren.

»Wollt Ihr mit mir kommen«, fragte der König Merlin,»zu einem Kranken hier in der Stadt?« – »Ich bin es wohl zufrieden,« antwortete dieser;»der Kranke muß ein sehr vertrauter Freund des Königs sein, da er hingehen will, ihn zu besuchen?« – »Ja«, erwiderte der König, »ich will allein mit Euch zu ihm gehen.« – »Es kommt keinem König zu«, sagte Merlin wieder, »einen Kranken zu besuchen, ohne ein starkes Gefolge von wenigstens dreißig Mann.« Der König erwählte dreißig Mann zu seinem Gefolge, die Merlin aussuchte, und die er liebte, und so begleitet gingen sie zusammen zu dem Kranken. Als dieser den König und Merlin sah, rief er:»Sire, ich bitte, fragt den Merlin, ob ich wieder geheilt werde oder nicht.« – »Er wird«, sagte Merlin,»weder an dieser Krankheit noch überhaupt in seinem Bett sterben.« – »Ach Merlin«, sagte der Kranke,»wolltet Ihr wohl sagen, welchen Tod ich sterben werde.« – »An dem Tage«, sagte Merlin,»an welchem Du sterben wirst, wird man Dich aufgehängt finden.«

Darauf tat er, als wäre er sehr erzürnt und ging hinaus.»Nun Herr König«, sagte der Kranke, »nun könnt Ihr sehen, wie dieser Mensch lügt, denn Ihr werdet Euch entsinnen, daß er mir das erstemal meinen Tod ganz anders prophezeite. Aber wenn es Euch gefällt, so werde ich ihn auch noch zum dritten Mal auf die Probe stellen. Morgen gehe ich zu einer Abtei, dort will ich als Mönch mich krank stellen und Euch den Abt zuschicken, Euch zu mir zu holen; er wird Euch sagen, ich sei einer seiner nächsten Verwandten und läge auf den Tod krank, wird Euch auch bitten, den Merlin mitzunehmen, damit er sage, ob ich wiederhergestellt werde oder sterben müsse. Dies soll aber die letzte Probe sein.« Der König versprach es ihm und ging nach Hause, der Kranke aber reiste zu der Abtei, und schickte des andern Tages nach ihm, wie sie zusammen abgeredet. Der König nahm Merlin mit, und sie ritten zusammen zu der Abtei, wo sie zuerst Messe hörten. Nach der Messe kam der Abt, mit etwa zwanzig von den Nonnen, und bat den

König, doch Merlin sogleich zu seinem Verwandten zu führen, der schon seit einem halben Jahr krank liege, damit er ihm die Ursache seiner Krankheit und seines Todes sage. »Wollt Ihr mit mir zu dem Kranken gehen?« fragte der König. »Sehr gern«, sagte Merlin; »vorher aber wünsche ich dem König und seinem Bruder Uter etwas insgeheim zu sagen.« Die drei gingen beiseite, und Merlin sagte zum König und seinem Bruder: »Je mehr ich Euch kennen lerne, desto törichter finde ich Euch. Glaubt Ihr denn, ich wisse nicht, welches Todes der Narr sterben wird, der mich zu prüfen gedenkt? Ich werde es ihm noch einmal in Eurer Gegenwart zu wissen tun, so daß Ihr Euch wundern sollt.« – »Wie kann es denn sein«, fragte der König, »daß er zwei Todesarten haben wird?« – »Mehr noch als dies«, antwortete Merlin, »und wenn es nicht so eintrifft, so sollt Ihr mir nimmer glauben; ich gebe Euch mein Wort, nicht von Euch zu gehen, bis wir mit Augen gesehen, was ich ihm prophezeit.« Darauf gingen sie zusammen ins Zimmer zu dem Kranken.

Als nun der Abt dem Könige den Kranken zeigte und ihn den Merlin zu fragen bat, ob er genesen, und welchen Todes er sterben würde, tat Merlin, als wäre er sehr erzürnt und sagte zum Abt: »Herr Abt, Euer Kranker mag nur aufstehen, denn er fühlt kein Übel. Nicht allein die beiden Todesarten sind ihm bestimmt, die ich ihm schon einmal genannt, sondern noch eine dritte dazu: am Tage seines Todes wird er den Hals brechen, wird hängen, und ertrinken. Wer dann am Leben ist, der wird diese drei Dinge bestätigt finden. Mein Herr«, fuhr er, zu dem Kranken gewandt fort – »mein Herr, verstelle Dich nicht länger, ich kenne Deine böse Gemütsart, Deine Falschheit und Deine argen Gedanken.«

Da setzte der Kranke im Bett sich aufrecht und sprach: »Sire, nun mögt Ihr seine Narrheit erkennen, wie könnte ich wohl den Hals brechen, und hängen, und ertrinken? Das kann weder mir noch irgend einem andern widerfahren. Nun seht, wie weise Ihr handelt, einem solchen Menschen zu vertrauen.« – »Ich kann es nicht eher entscheiden«, antwortete der König, »bis die Erfahrung es lehrt.«

Die Anwesenden waren alle über Merlins Reden erstaunt und sehr begierig zu erfahren, wie sie sich bewähren würden. Nach geraumer Zeit ritt dieser vornehme Mann in Begleitung vieler anderer auf einer hölzernen Brücke über einen Fluß. Das Pferd, worauf er ritt, wurde scheu, als er mitten auf der Brücke war, und sprang über das Geländer; der Reiter stürzte, brach auf dem Geländer den Hals und fiel hinüber, blieb aber mit seinem Kleid an einem der Pfähle hängen, so daß die Beine in der Höhe waren, der Kopf samt den Schultern aber unter dem Wasser steckten. Unter den Begleitern waren zwei, die dabei waren, als Merlin ihrem Herrn seine dreifache Todesart prophezeite; diese gerieten in einen solchen Schrecken, da sie diese so pünktlich erfüllt sahen, daß sie ein entsetzliches Geschrei erhoben. Die übrigen fingen auch an, so zu schreien und zu rufen, daß man es im nahegelegenen Dorf hörte, wo denn die Dorfleute eilends herzu liefen, um zu sehen, was es auf der Brücke gebe. Sie zogen den Herrn sogleich aus dem Wasser und brachten ihn hinauf; die beiden Männer aus seinem Gefolge riefen aber: »Laßt uns gleich sehen, ob er wirklich den Hals gebrochen?« Da es sich nun so befand, waren sie voll Schrecken und Erstaunen über Merlins Macht. »Der wäre töricht«, sagten sie, »der Merlins Worten nicht glauben wollte, denn sie sind die lautre Wahrheit.« Darauf nahmen sie den Leichnam auf und bestatteten ihn nach seiner Würde gar prächtig zur Erde.

Merlin ging sogleich zu Uter, erzählte ihm den Tod des Mannes, und wie alles dabei sich zugetragen; »geht«, sagte er, »erzählt es dem König Euerm Bruder.« Uter gehorchte, und als Pendragon es von ihm vernommen, sagte er: »Geh zu Merlin und frage ihn, wann dies geschah?« – »Es sind jetzt vier Tage«, antwortete Merlin, »seitdem ihm das geschah, und nach sechs Tagen werden seine Diener kommen, es dem König zu vermelden. Weil sie mich aber vielerlei fragen werden, und ich auf nichts ihnen antworten will, werde ich fortgehen. Wisset auch, daß ich überhaupt nicht mehr so vor den Leuten auf alles antworten will, was sie mich fragen; sondern meine Antworten sollen dunkel sein, so daß sie diese nicht eher verstehen, als nachdem sie in Erfüllung gegangen sind.«

Merlin ging, und Uter erzählte seinem Bruder alles, was er gesagt. Der König glaubte, Merlin sei erzürnt gegen ihn, und war sehr bestürzt wegen seines Weggehens. »Wohin ist er gegangen?«

fragte er den Uter. »Das weiß ich nicht«, antwortete dieser; »aber er sagte, er wolle nun nicht länger hier bleiben.«

Nach sechs Tagen kamen die Diener jenes Herrn und verkündigten dem König feierlich die ganze Begebenheit, wie ihr Herr den Tod gefunden. Der König, und alle, die damals lebten, sagten, daß es niemals einen weiseren Menschen als Merlin gegeben, und ehrten ihn sehr. Der König, sein Bruder Uter, und Ambrosius Aurelius beschlossen auch, aus großer Ehrfurcht vor Merlin, alles aufzuschreiben, was sie ihn würden sagen hören.

Dies ist der Ursprung der Prophezeiungen des Merlin, was er nämlich von den Königen von England, und von vielen anderen Dingen, über die er sprach, prophezeite. In diesem Buch der Prophezeiungen ist nicht die Rede davon, was oder wer Merlin gewesen, sondern einzig nur von den Dingen, welche er gesagt. Merlin, der es wußte, daß Pendragon seine Reden aufschreiben ließ, sagte es dem Meister Blasius. »Werden sie«, fragte dieser, »ein ähnliches Buch wie das meinige machen?« – »Das nicht«, antwortete Merlin, »sie können nur das aufschreiben lassen, was sie sehen und hören, denn anderes wissen sie nicht.«

Er nahm darauf Abschied vom Meister Blasius und ging zurück an den Hof Pendragons. Die Freude und Ehrenbezeigungen waren sehr groß, als man ihn ankommen sah, und der König war seiner Ankunft sehr froh.

## XVIII
## Wie Merlin die Schlacht gegen die Heiden vorausplante und welchen dunklen Todesspruch er fällte

Weil das Volk seine Reden alle wieder erfuhr, und jeder Mann ihn auf die Probe zu stellen gedachte, beschloß Merlin, nun nicht mehr so offen zu sprechen; alle seine Sprüche und Worte wurden nun dunkler und man verstand sie erst, nachdem sie eingetroffen. So kam Merlin eines Tages zu Pendragon und Uter, mit sehr niedergeschlagenem Gesicht: »Ihr werdet Euch«, sagte er, »wohl des Hangius erinnern, der durch Uter seinen Tod fand. Dieser Hangius war aus der adeligen und größten Familie des Heiden-Landes; seine zahlreichen Anverwandten haben geschworen, seinen Tod zu rächen, und nicht eher Ruhe zu halten, bis sie dies Land erobert haben. Von allen Seiten haben sie ihr Volk versammelt, auch haben viele Herzöge und Fürsten ihres Landes sich mit ihren Männern zu ihnen gesellt. Sie werden nun nicht lange mehr ausbleiben, sondern kommen in gewaltiger Menge und werden nicht eher nachlassen, bis sie das ganze Land unterjocht haben.«

König Pendragon und Uter, sein Bruder, erschraken über diese Worte Merlins. »Sind denn«, fragten sie, »die Anverwandten des Hangius so mächtig, daß wir ihnen nicht sollten widerstehen können?« – »Für einen streitbaren Mann, welchen Ihr stellt, haben sie zwei; und wenn Ihr nicht große Klugheit anwendet, so erobern und zerstören sie Euer Reich.« – »Wir tun nichts ohne Deine Zustimmung, Merlin; sage uns nur, wann werden sie ankommen?« – »Im Monat Juni werden sie bei den Flächen von Salisbury auf dem Fluß sein. Ihr müßt nun so viel Bewaffnete wie möglich haben, um Euer Land zu verteidigen.« – »Wie«, rief der König, »ich sollte sie ins Land kommen lassen?« – »Ja, das müßt Ihr, wenn Ihr mir glaubt. Laßt sie erst weit vom Fluß absein, ehe Ihr mit ganzer Macht gegen sie streift, und Ihr müßt es so einrichten, daß einer von Euch mit einer starken Macht sie vom Flusse abschneidet, damit es ihnen an Mundvorrat und allem Kriegszubehör fehle. So müßt Ihr sie zwei Tage lang drängen, und erst am dritten müßt Ihr es zur Schlacht kommen lassen; werdet Ihr meiner Weisung genau folgen, so ist der Sieg Euer.« – »Sage uns im Namen Gottes«, sagten die beiden Brüder, »wenn es Dir gefällt, ob einer von uns in dieser Schlacht fallen wird?« – Merlin antwortete und sprach: »Alles Irdische hat einen Anfang genommen, muß also auch ein Ende nehmen. Niemand erschrecke über den Tod des andern, denn sterben muß auch er; nehme also jeder seinen Tod hin, denn niemand ist unsterblich.«

»Merlin«, fing Pendragon an, »damals als Du jenem, der Dich prüfen wollte, seine Todesart so bestimmt vorhersagtest, da sprachst Du zu mir, Du wissest meinen Tod eben so gut als den seinigen; darum bitte ich Dich, entdecke ihn mir.« Merlin sprach: »Laßt die heiligen Reliquien herbringen, und schwört beide darauf, daß Ihr tun werdet, was ich Euch gebiete zu Eurem Vorteil und Eurer Ehre. Nachher kann ich sicherer Euch das entdecken, was ich will.« Die Reliquien wurden gebracht, und der König und sein Bruder schwuren einander, nach Merlins Vorschrift, Treue und gegenseitige Hilfe in der Schlacht, bis in den Tod. »Jetzt«, sagte Merlin, »habt Ihr einen Eid abgelegt, Euch tapfer zu unterstützen und einer dem andern in der Schlacht treu zu helfen bis in den Tod; seid Ihr also einer dem andern getreu, so seid Ihr es auch gegen Gott. Beichtet, und empfangt den Leib unseres Heilands, ruft den Herrn um Hilfe an und betet zu ihm um Stärke in der Schlacht gegen Eure Feinde. Denn Ihr sollt die Christenheit beschützen gegen die Heiden, darum wird Gott Eure Arbeit segnen. Wer in dem Streit für den Glauben fällt, der ist selig; fürchtet also den Tod nicht in dieser Schlacht, die größer und blutiger sein wird, als je eine gewesen. Einer von Euch wird darin den Tod finden, tut also beide Eure Pflicht, wie Ihr geschworen. Wer von Euch beiden übrig bleibt, wird eine Schlacht ausführen, und einen Begräbnisplatz errichten durch meine Hilfe, reicher und schöner als je einer war. In der ganzen Christenheit wird man von den Dingen reden, die ich dort ausrichten werde. Jetzt tut Eure Ehrenkleider an, geht zur Beichte und empfangt das Abendmahl des Herrn, dann seid gutes Muts, und fröhlich vor Euern Völkern, damit sie sich tapfer halten zur Ehre Gottes.«

So endigte Merlin seine Rede, und die Brüder taten alles, wie er ihnen befahl. Als alle ihre Kriegsmänner versammelt waren, verteilte der König viel Gold und Geschenke unter sie, wie auch viele Pferde, und hielt ihnen eine Rede, wie er von ihnen erwarte, daß sie mit aller Macht und aus allen Kräften das Land verteidigten. Sie versprachen alle ihm ihre Hilfe, versammelten sich in großer Menge und waren, sowie der König ihnen Befehl gab, in der letzten Woche des Monats Juni am Ufer der Themse. Am Pfingstfest hielt der König offnen Hof, an dem Ufer der Themse, und gab jedem seiner Kriegsmänner große Geschenke, damit sie ihre Pflicht in Verteidigung des Landes desto williger täten. Sie teilten sich darauf in zwei Lager, das eine, welches Uter anführte, lagerte sich auf der Fläche von Salisbury, und das andre, Pendragon an seiner Spitze, zog sich zwei Meilen ungefähr davon.

Die Heiden kamen auf den bestimmten Tag an; da ließ Uter in seinem ganzen Lager ausrufen, daß ein jeder zur Beichte gehe, und einer dem andern etwaige Beleidigungen verzeihen möge. So geschah es dann auch. Die Heiden stiegen ans Land, und ruhten acht Tage lang aus; währenddem sandte Uter zu Pendragon und ließ ihn wissen, daß sie angekommen, und daß ihre Zahl nicht zu zählen sei. Pendragon fragte den Merlin, was er nun tun müsse.»Laß dem Uter wissen«, antwortete dieser,»daß er sich verborgen halte, und sie vorüber, tiefer ins Land ziehen lasse; dann muß er ihnen mit seiner ganzen Macht folgen, bis sie zwischen Dir und ihm eingeschlossen und umringt sind.«

Uter tat pünktlich, was Pendragon ihm befohlen, ließ die Heiden vorüber ziehen und folgte ihnen hart auf dem Fuße mit solcher Macht und mit so schnellen Pferden, daß die Heiden, die keinen Hinterhalt vermuteten, erschrocken anhielten; jetzt rückte Pendragon ihnen von seiner Seite näher, so daß sie sich auf einmal umringt sahen.»Zwei Tage bleibt so stehen«, sagte Merlin zu Pendragon;»am dritten Tage, der schön und hell aufgehen wird, wirst Du einen Drachen in der Luft fliegen sehen; bei diesem Wahrzeichen, das auf Deinen Namen sich bezieht, darfst Du sicher kämpfen, und die Deinigen auch, und der Sieg wird Euer sein.« Von diesem Zeichen des Drachen wußte niemand im Lager etwas, außer Merlin und der König; dieser ließ seinem Bruder Uter davon Nachricht geben, der sich darüber sehr freute. Nun sagte Merlin zum König:»Ich muß Euch jetzt verlassen, ich bitte Euch, denkt an alles, was ich Euch gesagt habe, seid wacker und mutig, wie es einem edlen Ritter ziemt«; nahm dann Abschied von ihm und begab sich zu Uter ins Lager. Merlin sagte ihm dasselbe, was er dem Pendragon gesagt:»Halte Dich tapfer und ritterlich, in dieser Schlacht fällst Du nicht.« Uter war im Herzen froh, als er dies hörte; dann nahm Merlin Abschied von ihm und ging nach Northumberland zum Meister Blasius, um alles dieses aufschreiben zu lassen.

Am dritten Tag, der hell und klar aufging, ordnete Pendragon sein Heer in Schlachtordnung. Die Heiden, die mit Schrecken sich von beiden Heeren eingeschlossen und ihre mißliche Lage einsahen, stellten sich auch in Ordnung, weil sie nicht anders konnten als sich so lange als möglich zu verteidigen. Nun erschien der Drache in der Luft, den Merlin dem König prophezeit hatte. Er war wunderbar anzuschauen, und Feuer strömte aus seiner Nase und aus dem Mund, so daß alle sich entsetzten, die ihn sahen. Der König ließ sogleich die Trompeten ertönen und rief, daß man den Feind anfalle und alles ohne Gnade niedermache. Uter ließ dasselbe in seinem Lager geschehen, und so fielen sie beide mit ihren Heeren zu gleicher Zeit in den Feind. Uter und die Seinigen fochten so tapfer, daß endlich die Heiden unterlagen. König Pendragon aber wurde erschlagen, nebst vielen andern Herren des Reichs mehr. Keiner konnte sagen, welcher von beiden sich tapferer gehalten, ob Uter oder Pendragon; wir finden aber, daß Uter und sein Heer alle Heiden erschlugen, daß er das Feld behielt, und diesen Tag den vollkommensten Sieg davontrug.

# XIX

## Wie aus Uter König Uterpendragon wurde und Merlin in Irland Steine auftürmte, die er allein zum Grabmal zusammenfügte

Nach beendigter Schlacht und König Pendragons Tod fiel das Reich seinem Bruder Uter mit Recht zu. Er ließ nun alle auf dem Schlachtfeld gebliebenen Christen auf einen Ort zusammentragen und legte dort einen Begräbnisplatz an; auf jedem wurde ein Grabmal errichtet mit dem Namen dessen, der darunter lag. Seinen Bruder Pendragon ließ er inmitten legen und ihm ein höheres Grabmal errichten als den übrigen, seinen Namen aber ließ er nicht daran schreiben; »denn«, sagte er, »der müßte sehr töricht sein, der nicht gleich an der Größe des Grabmals sähe, daß hier der Herr aller übrigen begraben ist.« Nachdem ein jeder seinen Verwandten oder Freund begraben hatte, begab Uter sich nach London, wo die Bischöfe und Prälaten ihn salbten und ihm die Krone aufsetzten; darauf nahm er die Lehnseide und Huldigung aller seiner Untertanen an.

Sechzehn Tage nachher kam Merlin an Uters Hof, und dieser empfing ihn mit Freuden und großer Ehre. Einige Zeit darauf sagte Merlin dem König, daß der Drache am Tag der Schlacht Pendragons Tod und Uters Erhaltung bedeutet habe, bat darum den König, daß er sich künftig zum Andenken an dieses Ereignis und um seines Bruders willen Uterpendragon nennen möchte. Der König willigte ein, und wurde fortan Uterpendragon genannt. Merlin ließ ihm ein Panier mit einem Drachen machen, der Feuer ausströmte, und verlangte vom König, daß er es in allen künftigen Schlachten vor sich her tragen ließe.

Nachdem Uter lange in Frieden regiert und in einer seiner Städte mit Merlin zusammen lebte, fragte dieser ihn einmal, ob er denn nichts mehr am Begräbnisplatz, wo sein Bruder ruhe, wolle machen lassen? »Was willst Du, daß ich machen lasse? sage es, und es soll geschehen.« – »Sende zehn oder zwölf von Deinen Schiffen nach Irland und laß von den Steinen dort welche nach Salisbury schiffen, so will ich erfüllen, was ich Deinem Bruder versprach, und das Grabmal so erbauen; ich will auch mit Deinen Leuten hinfahren und ihnen die Steine zeigen, die sie nehmen sollen.« Die Schiffe wurden gerüstet und Merlin mit den Leuten hingesandt, ihnen die Steine zu zeigen, die sie einschiffen sollten. Als die Leute die großen Steine sahen, die sie fortbringen sollten, sahen sie verwundert einander an. »Die ganze Welt«, sagten sie, »bringt nicht einen solchen Stein vom Ort; Merlin muß toll sein, daß er verlangt, wir sollen diese Steine mit aufs Schiff nehmen«; kehrten darauf mit ihren Schiffen zurück und ließen Merlin in Irland.

Als die Schiffe wieder zum König Uterpendragon kamen, und sie ihm erzählten, warum sie weder die Steine noch den Merlin wieder zurückgebracht hätten, sandte der König noch ein Schiff nach Irland und ließ ihn abholen. »Deine Leute«, sagte Merlin, als er vor den König kam, »haben nicht getan, was Du ihnen befahlst; aber ich will mein Wort halten und die Steine nach Salisbury schaffen.« Darauf brachte er es mit seiner Kunst dahin, daß anderen Morgens der ganze Gottesacker voll der entsetzlich großen Steine lag, daß es wie ein ungeheuer großer Berg zu sehen war.

Als der König und sein Volk diese Steine sahen, waren sie alle des größten Erstaunens voll, denn ein jeder mußte einsehen, daß alle Menschen in der Welt nicht im Stande wären, einen dieser Steine von der Stelle zu bewegen; wußte auch niemand zu erraten, wie Merlin es angefangen habe, sie zusammen zu bringen. Merlin sprach zum König: »Sire, so wie die Steine hier liegen, dienen sie zu nichts, sie müssen geordnet und über einander gesetzt werden.« – »Ei, wer sollte dies wohl tun«, entgegnete der König, »Gott allein kann ein solches Werk zu Stande bringen.« – »Nun, so entferne Dich«, sagte Merlin, »und ich will dieses Werk vollenden, so wie ich es unternommen.« Merlin begann nun das Werk, welches niemals wird vergessen werden. Diese Steine sind noch jetzt, so wie Merlin sie ordnete, und sie werden so bleiben, so lange die Welt stehen wird. Es war ein vortreffliches kunstreiches Werk, worüber die ganze Welt sich verwunderte.

Uterpendragon liebte den Merlin um dieses Werkes willen noch weit mehr als sonst, behielt ihn lange Zeit an seinem Hof und tat nichts ohne seinen Rat.

# XX

## Über die dritte Tafelrunde in Wales, an der fünfzig Ritter teilnahmen und ein Platz leer blieb

Eines Tages kam Merlin zum König und sprach: »Mein König, wisse, nach der Kreuzigung unseres Heilands kam ein frommer Ritter, mit Namen Joseph von Arimathia, kaufte den Leichnam Christi von Pilatus und ließ ihn begraben. Dieser Ritter liebte Christus so sehr, daß die Juden ihn deshalb verfolgten und ihm viel Leid antaten. Nachdem Christus auferstanden, zog Joseph von Arimathia nach einer Wüste, nebst den meisten von seiner Familie, und mehreren anderen Menschen. Dort litten sie viel Hungersnot, so daß viele von ihnen Hungers starben. Da murrten sie gegen den Ritter, der ihr Meister war. Der Ritter sah die Not seines Volks und betete voll Inbrunst zu unserm Herrn Christus, daß es ihm gefiele, dieser Hungersnot ein Ende zu machen. Unser Herr befahl ihm darauf eine Tafel zu errichten, so wie die war, an welcher er mit den Aposteln das Abendmahl genoß. Diese Tafel solle er wohl ausschmücken, und mit weißen, feinen Tüchern bedecken; darauf solle er einen goldenen Kelch stellen, den er ihm selber sandte; und daß er dieses Gefäß wohl bedecke und in Acht nehme. Wisse ferner, mein König, daß dieser Kelch von Gott gesandt, die Gemeinschaft der Guten und der Bösen bedeutet; die Guten aber, welche an dieser Tafel zugelassen wurden, erhielten die Erfüllung aller ihrer Wünsche. Ein Platz blieb immer leer an dieser Tafel, das bedeutete den Judas, der unsern Herrn verriet und sich mit den Aposteln zum Abendmahl setzte. Und als unser Heiland sagte: ›Wahrlich, ich sage Euch, einer unter Euch wird mich verraten; der mit der Hand mit mir in die Schüssel taucht, der wird mich verraten‹, stand Judas auf von der Tafel, schämte sich und ging hinaus. Und die Stelle an der Tafel blieb leer, bis Christus einen andern, mit Namen Matthias, hinsetzen ließ. So mußte auch ein Platz an Josephs von Arimathia Tafel leer bleiben.

Diese Tafel wurde von allen denen, welche dazu gelassen wurden, sehr in Ehren gehalten, und sie nannten sie Gral. Nach ihr wurde noch eine ähnliche Tafel errichtet; willst Du mir folgen, mein König, so errichte Du die dritte im Namen der Dreifaltigkeit. Ich will Dir in diesem Werk helfen; es wird ein Werk werden, wofür Du die Gnade Gottes Dir erwirbst, und alle diejenigen, die an der Tafel Platz nehmen, läßt Du daran Teil nehmen. Jenes Gefäß aber und seine Hüter sind gegen den Occident hingezogen; die Hüter wissen aber jetzt selber nicht mehr, wo es eigentlich hingeraten ist, sie sind ihm nur in jene Gegend nachgezogen. Du aber tue so wie ich Dir sagte, Du wirst Dich dessen noch einst erfreuen.«

Uterpendragon erwiderte: »Mit Freuden will ich tun, was Du mir rätst, denn Deine Worte sind Weisheit; aber ich selber bin nicht imstande, solches Werk einzurichten, sondern Dir, Merlin, trage ich die Sache auf, richte in meinem Namen alles so ein, wie es sein muß.« – »Und wo«, fragte Merlin, »befiehlst Du, daß diese dritte Tafel errichtet werde?« – »Wo es Dir beliebt und wo Gott der Herr will, daß sie errichtet werde.« – »Nun so will ich sie zu Kardueil (Carduel) in Wales errichten. Laß Dein Volk sich zum Pfingstfest dort versammeln und halte dann allda offenen Hof, ich aber werde voran gehen, und die Tafel vorher errichten. Gib mir Leute, damit sie tun, was ich ihnen sage, und wenn Du verlangst, so werde ich denjenigen, die an ihr sitzen sollen, Platz anweisen.«

Am Pfingstfest, als der König und alle seine Barone und die edlen Damen und Fräulein seines Reichs nach Kardueil kamen, fanden sie die Tafel von Merlin schon errichtet. Der König hielt offenen Hof für alle Edlen und Ritter und für sein ganzes Volk, dann fragte er den Merlin, wer nun an dieser Tafel sitzen solle. »Morgen«, antwortete Merlin, »werde ich fünfzig Ritter erwählen, die an ihr sitzen sollen; niemals werden diese wieder fort in ihr Land oder in ihr Haus zurückgehen wollen.«

Des andern Tages wurden fünfzig Ritter erwählt und Merlin bat sie, sich an die Tafel zu setzen, zu essen und zu trinken und fröhlich zu sein, welche Bitte sie auch gern erfüllten. Eine Stelle wurde leer gelassen, niemand aber als Merlin wußte warum. Nachdem sie während acht Tagen an dieser Tafel gesessen, und fröhlich und gutes Muts mit Essen und Trinken gewesen waren und der König den edlen Botschaftern nebst allen Damen und Fräulein reiche Geschenke gegeben, fragte er die würdigen Ritter der Tafel, wie sie sich befänden, und wie ihnen zu Mute sei. »Sire«, sagten sie, »wir können nimmermehr diesen Ort verlassen, und nie soll diese Tafel ohne wenigstens drei von uns sein. Wir wollen unsre Frauen und unsre Kinder herkommen lassen und hier nach des Herrn Willen leben.« – »Ist dies Euer aller Wille?« fragte der König; und sie bejahten es. »Wir sind«, setzten sie hinzu, »alle selber verwundert, wie dies zugehen mag, denn nie haben wir zuvor uns gesehen, oder uns gekannt, und doch lieben wir uns jetzt einander, wie Vater und Sohn einander lieben; nie können wir von einander scheiden, wenn der Tod uns nicht scheidet.«

Der König und alle, die zugegen waren und dies hörten, waren voller Erstaunen über dieses Wunder; auch befahl der König hierauf, daß ihnen alle Ehre widerfahre, und daß man ihnen gehorche und sie so bediene wie den König selber.

So ward diese Tafel von Uterpendragon nach dem Willen und nach dem Rat Merlins errichtet.

»Wohl hast Du mir Wahrheit gesagt«, sprach der König zu Merlin, »und wohl sehe ich jetzt ein, daß es Gottes Wille ist, diese Tafel zu errichten. Jetzt aber bitte ich Dich, mir zu sagen, wer auf den leeren Platz kommen soll?« – »Ich sage Dir, daß er zu Deinen Lebzeiten nicht besetzt wird«, erwiderte Merlin, »doch ist der noch nicht geboren, der auf diesem Platze sitzen wird. Zu der Zeit des Königs, welcher nach Dir regieren wird, soll er besetzt werden; noch weiß sein Erzeuger nichts davon, ihn erzeugt zu haben. Jetzt ersuche ich Dich noch, so lange Du lebst, alle Deine großen Feste an diesem Orte zu feiern, auch dreimal im Jahr offenen Hof hier zu halten.« Als der König ihm dies zu halten geschworen, sprach Merlin: »Jetzt muß ich Dich verlassen, Du wirst mich in langer Zeit nicht wieder sehen.« – »Und warum gehst Du fort«? fragte der König, »wo willst Du hingehen? wirst Du nicht jedesmal hier sein, wenn ich Hof halte?« – »Nein, ich werde nicht zugegen sein, denn ich will, daß die Leute an das glauben, was sie sehen werden, und nicht, daß ich die Dinge, die geschehen sollen, verrichte.«

Merlin empfahl sich dem König und ging zum Meister Blasius nach Northumberland, dem er alles sagte, was geschehen war, der es dann in dieses Buch niederschrieb. Zwei Jahre blieb Merlin bei dem Meister Blasius, ohne daß Uterpendragon etwas von ihm hörte.

## XXI
## Wie ein übler Ritter den leeren Platz besetzen wollte und was dann mit ihm geschah

Einmal, als der König und sein Hof zu Kardueil waren, und die Ritter an der Tafel saßen, kam einer der Großen des Reichs, der dem Merlin im Herzen übel wollte, zum König. »Sire«, fing er an, »billig muß ich mich wundern, daß Ihr den leeren Platz an der Tafel nicht besetzen laßt, damit sie vollständig sei.« – »Merlin hat mir gesagt«, antwortete der König, »daß dieser Platz nicht während meiner Lebzeit besetzt werden kann, sondern daß der noch geboren werden soll, der darauf sitzen wird.« Da fing der falsche verräterische Mann an zu lachen und sprach: »Sire, glaubt Ihr wohl, daß es nach Euch Leute geben wird, welche mehr wert sind als Ihr?« – »Das weiß ich nicht«, sagte der König; »Merlin aber hat mir jenes gesagt.« – »Sire, nie wird ein Mensch mehr gelten als was er wert ist; Ihr seid kühn genug, es zu versuchen.« – »Nein, ich werde es sicher nicht versuchen, ich fürchte, daß Merlin darüber erzürnt.« – »Sire, wenn Ihr also meint, daß Merlin alles weiß, so weiß er sicher auch, was wir jetzt von ihm sprechen, und alsdann kommt er bestimmt, wofern er noch lebt, zum künftigen Fest. Kommt er aber nicht, so bitte ich Euch, Sire, um die Erlaubnis, den Platz besetzen zu dürfen, um Euch von der Lüge zu überzeugen, die er Euch vorgesagt. Ihr werdet dann sehen, daß ich so gut als ein anderer diesen Platz ausfülle.« – »Ich würde es Euch gern erlauben, wenn mir nicht bange wäre, Merlin zu erzürnen.« – »Lebt Merlin, so kommt er sicher noch ehe ich es versuche; kommt er aber nicht, so bitte ich Euch, erteilt mir die Erlaubnis dazu.« Der König gab sie ihm, und der Ritter meinte, etwas Großes mit dieser Erlaubnis erreicht zu haben.

Als nun das Pfingstfest kam, begab der König sich wieder mit allen Edlen, Rittern und dem ganzen Volk nach Kardueil. Merlin wußte sehr genau was vorging, sagte es auch dem Meister Blasius. »Ich werde nicht zur Hofhaltung hingehen«, sagte er, »sondern sie versuchen lassen, was sie wollen, damit sie selber die Wichtigkeit und Würde des leeren Platzes und meiner Worte inne werden. Denn was sie nicht sehen, das glauben sie nicht, und komme ich hin, so meinen sie durch mich gestört zu sein und glauben, ich sei Schuld an dem, was sich ereignen wird. Fünfzehn Tage nach dem Pfingstfest aber will ich zum König gehen.«

Der Ritter, welcher versuchen wollte, sich auf dem leergelassenen Platz zu setzen, sprengte das Gerücht aus, Merlin sei tot, ein Bauer habe ihn im Wald erschlagen, weil er ihn für einen Wilden gehalten. Der König glaubte endlich dem Gerücht, weil Merlin so lange ausblieb; auch hielten die andern dafür, daß er wohl tot sein müsse, weil man sonst dergleichen Proben nicht anstellen dürfe.

Die fünfzig Ritter saßen nunmehr um die Tafel, in Gegenwart einer großen Menge Fürsten, Herren, Damen und Fräulein, als der Ritter kam, der sich auf den leeren Platz setzen wollte, und mit keckem Mut rief: »Ihr Herren, ich komme, um Euch Gesellschaft zu leisten!« Die Ritter an der Tafel antworteten ihm nicht, sondern sahen demütig und still jeder vor sich nieder; auch der König sagte ihm nichts, sondern alle waren erwartungsvoll, was geschehen würde. Der Ritter setzte sich und streckte beide Beine unter die Tafel; in dem Augenblick versank er unter die Erde, wie ein Stück Blei, das ins Wasser fällt und nicht wieder zum Vorschein kommt. Voll Entsetzen sah der König und alles Volk dieses Wunder! Man durchsuchte jeden Fleck unter dem Tisch, aber man fand nicht die mindeste Spur, weder von dem Ritter, noch von der Art, wie er untersank. Der Hof und das ganze Volk geriet in Schrecken, besonders der König war in Leid versenkt, daß er solche Probe zugegeben und sich dazu hatte verführen lassen, da doch Merlin ihm gesagt, der sei noch nicht geboren, dem dieser Platz bestimmt worden.

Am fünfzehnten Tag nach Pfingsten kam Merlin an den Hof, und der König ging ihm entgegen. Merlin machte ihm Vorwürfe wegen dessen, was er hatte geschehen lassen. »Er hat mich betrogen«, entgegnete der König. »So geht es vielen«, antwortete Merlin, »sie meinen andre zu betrügen und betrügen am meisten sich selber. Du siehst nun ein, daß Du betrogen bist, weil Du es siehst; aber warum glaubtest Du ihm? deswegen wurdest Du mit Recht bestraft. Hüte Dich, diesen Versuch nochmals anzustellen oder anstellen zu lassen, denn ich sage Dir, viel

Übel würde daraus entstehen. Denn dieser Platz an der Tafel ist von großer Bedeutung; es ist ein würdiger Platz und ein hohes Gut für das ganze Königreich.«

Der König fragte ihn nachher, ob er ihm nicht sagen könne, was aus dem Ritter geworden und wo er hingekommen sei. »Darum bekümmere Dich nicht«, antwortete Merlin, »es geht Dich nichts an, und Du wirst um nichts besser, wenn Du es weißt. Laß es nur Deine Sorge sein, die, welche an der Tafel sitzen, recht zu ehren und hochzuhalten, wie auch die vier Feste jährlich dort zu feiern und alles so zu halten und nichts zu verändern, wie ich es eingesetzt habe.« Der König versprach ihm, von nun an alles unverrückt zu erhalten bis an seinen Tod. Darauf nahm Merlin wieder von ihm Abschied und ging zum Meister Blasius zurück.

# XXII

## Wie sich Uterpendragon in Yguerne verliebte und ihr durch ihren eigenen Mann einen Becher senden ließ

Der König ließ rings um Kardueil viele schöne Häuser bauen, ließ dann in seinem ganzen Reich bekannt machen, wie er die vier Feste, nämlich Weihnachten, Ostern, Pfingsten und den Allerheiligen Tag, mit seiner Hofhaltung immer in Kardueil sein würde. Auch sollte sich ein jeder zu der Zeit dort einfinden, und ihm zu Liebe sollte jeder Baron und jeder Herr seine Gemahlin und seine Fräulein mitbringen nach Kardueil, allwo der König ihnen jedesmal Feste geben wolle.

Am nächsten Weihnachtsfest kamen nun die Gemahlinnen, die Damen und Fräulein mit den Rittern und Baronen. Wer ohne seine Gemahlin kam, war nicht gut angesehen, und so brachten die, welche nicht verheiratet waren, ihre Liebste mit. Es kamen ihrer so viele an den Tag, daß man nicht sagen kann, wie stark ihre Anzahl war; und wir können nur vorzugsweise von denen reden, welche sich am meisten hervortaten. Dies war ein Herzog von Tintayol (Tintagel) und seine Gemahlin, mit Namen Yguerne (Igerne). Nach der gebenedeiten Jungfrau Maria ward nie eine Christin holdseliger und schöner geboren als Yguerne. Als der König sie zuerst erblickte, wurde er so entzückt von ihrer Schönheit, daß er alle Fassung verlor; die Dame merkte dieses wohl, tat aber, als sähe sie es nicht. Da sie aber gewahr wurde, daß der König immer sie ansah und seine Augen gar nicht von ihr wandte, zog sie sich zurück und vermied die Gegenwart des Königs, denn sie war eine sehr tugendhafte und ehrsame Dame, bewahrte auch die Ehre ihres Gemahls und war ihm treu. Der König sandte allen anwesenden Damen schöne reiche Geschenke an Schmuck und Kleinodien, und tat es um Yguernes willen, um ihr ein Zeichen senden zu können, das sie nicht ausschlagen dürfe, weil alle Damen von ihm beschenkt worden waren. Ihr gab er einen Schmuck, von dem er wohl wußte, daß sie ihn wünschte; sie mußte ihn annehmen, obgleich sie sehr wohl einsah, daß dies nur um ihretwillen angestellt sei; sie ließ dieses aber nicht merken. Als der Hof nun wieder von Kardueil sich wegbegeben wollte und das Weihnachtsfest geendigt war, bat der König seine Barone und Fürsten des Landes, doch ja zum nächsten Fest ihre Damen wieder mitzubringen, welches sie ihm auch alle zusagten. Er war in Liebe für die Dame Yguerne ganz entbrannt, so daß er seiner Sinne kaum mehr mächtig war; als sie mit ihrem Gemahl, dem Herzog von Tintayol, von ihm Abschied zu nehmen kam, gab er ihnen das Geleit und bezeigte ihnen beiden viel Ehre. Er sah sich dabei einen Augenblick ab, wo er leise zu ihr sagen konnte: »Dame Yguerne, Ihr nehmt mein Herz mit Euch, trüge ich auch das Eurige in meinem!« Dame Yguerne tat aber nicht, als hätte sie dies gehört, und zog mit ihrem Gemahl, ohne zu antworten, fort in das Land des Herzogs.

Große Pein erduldete der König im Herzen, bis das Osterfest herankam, wo alles sich wieder zu Kardueil versammelte, und er sie wieder erblickte. Gott weiß, wie groß da sein Entzücken war; er ließ sie und den Herzog, ihren Gemahl, an seiner Tafel essen und saß zwischen ihnen beiden; auf alle Worte, die er ihr aber zuflüsterte, und wie sehr er ihr auch seine Liebe schwor, gab sie ihm doch nie eine Antwort, obgleich sie alle seine Worte sehr wohl verstand, sondern reiste mit ihrem Gemahl wieder fort.

Endlich konnte der König seine Liebespein nicht länger verhehlen, sondern entdeckte sie zweien seiner Günstlinge und fragte sie um Rat, wie er es anfangen müsse, sich Yguernes zu erfreuen und ihr seine Liebe zu klagen, da er sonst vor Leid vergehen müsse. Der König, sagten jene, gebe ein großes Fest zu Kardueil und lasse bekannt machen, daß ein jeder sich dahin begebe, weil es ein großes Fest sei und der König seine Krone tragen und auf dem Thron sitzen würde; auch, daß ein jeder sich auf einen Monat oder sechs Wochen mit allem Notwendigen versehen müsse, weil das Fest so lange dauern solle: »Auf diese Weise habt Ihr dann Zeit, mit der schönen Yguerne so viel zusammen zu sein, als es Euch beliebt.« Der Rat gefiel dem König wohl, und er tat so. Auf den bestimmten Tag kam alles in Kardueil zusammen, und jeder von den Herren kam mit seinen Damen und Gefolge, auch der Herzog von Tintayol mit Dame Yguerne, worüber der König im Herzen sich erfreute, wieder fröhlich wurde, aß und trank. Nach einigen Tagen wurde er wieder traurig und sagte endlich zu einem seiner Vertrauten, namens

Ulsius: »Die Liebe tötet mich, ich sterbe für Yguerne, es ist kein Leben für mich, wenn ich sie nicht sehe; und erhört sie mich nicht, muß ich sterben.« – »Sire«, erwiderte Ulsius, »wollt Ihr um einer Frau willen das Leben lassen? Nie hörte ich, daß eine Frau Geschenken widerstehen könne; ich bin nur ein armer Edelmann, glaube dennoch nicht aus Liebe für eine Frau sterben zu müssen. Und Ihr, ein so mächtiger König, wie könnt Ihr ein so verzagtes Herz haben und es nicht wagen, um eine Dame zu werben?« – »Du hast wohl sehr Recht«, sagte der König, »Du weißt besser als ich, wie man sich benehmen muß; hilf mir, ich bitte Dich, und tue Du an meiner Stelle alles, was zu tun ist. Nimm aus meiner Schatzkammer alles, was Du willst, mach' ihr Geschenke, gib auch allen ihren Leuten, die sie umgeben, suche einen jeden zufrieden zu stellen, mache nur, daß ich mit ihr sprechen darf.« – »Ich will schon machen«, sprach Ulsius.

Die Hofhaltung dauerte nun schon acht Tage in großer Freude und schöner Ergötzlichkeit. Der Herzog von Tintayol mußte immerwährend beim König sein, und er gab ihm und seinen Gefährten schöne, reiche Geschenke. Ulsius suchte indessen mit der Dame Yguerne zu reden, ihr mit süßen Liebesworten zu schmeicheln, und brachte ihr Geschenke, von denen eines immer reicher und herrlicher war als das andere; sie aber schlug alles aus und nahm nichts davon an.

Eines Tages, als er ihr mehr noch zusetzte und einen überaus prachtvollen Schmuck ihr anbot, nahm sie ihn beiseite und sagte: »Ulsius, warum und zu welchem Ende bietest Du mir alle diese reiche Kleinodien an?« – »Dame, um Euer großen Schönheit und Eurer hohen Eigenschaften willen! Wisset, der ganze Reichtum des Königreichs ist Euer Eigentum und die Menschen nur da, Euern Befehlen zu gehorchen!« – »Ei, wie mag dies wohl sein?« – »Ja, denn Ihr besitzt das Herz dessen, dem das Reich zugehört, das Herz des Königs.« – »So ist des Königs Herz ein verräterisches und falsches Herz, weil es meinem Herrn und Gemahl so viel Liebe und Freundschaft erweist, während es mich zu verderben und zu entehren trachtet! Ich sage Dir, Ulsius, hüte Dich, so lieb Dir Dein Leben ist, mir jemals von diesen Dingen wieder ein Wort zu sagen, wenn ich nicht alles dem Herzog meinem Gemahl wieder hinterbringen soll. Du wirst wohl wissen, daß er Dir das Leben nicht lassen würde, wenn er solches wüßte; sei aber gewiß, daß dieses das letztemal ist, daß ich ihm solches verschweige.«

»Stürbe ich für den König«, erwiderte Ulsius, »so gereichte es mir zu großer Ehre! Habt Gnade mit dem König, Dame Yguerne, warum wollt Ihr nicht, daß er Euer Freund sei, da er Euch mehr liebt als sein Leben selbst; seid ihm gewogen, oder er stirbt aus Liebe zu Euch.« – »Ihr spottet meiner, Ulsius.« – »Um Gotteswillen, habt Mitleid mit dem König und mit Euch selber; wenn Ihr ihm nicht günstig seid, so habt Ihr Euch selbst alles Unglück zuzuschreiben, welches daraus entstehen wird, denn weder Ihr noch Euer Gemahl könnt Euch seinem Willen widersetzen.« – »Wohl würde ich mich seiner erwehren«, sagte sie schmerzlich weinend; »denn nie will ich, ist dies Fest einmal beendet, mich wieder an des Königs Hof einfinden noch in seine Gegenwart begeben; mag er auch Befehle ergehen lassen, wie er wolle, ich komme sicherlich nicht mehr.«

Mit diesen Worten ließ sie den Ulsius stehen und entfernte sich. Ulsius begab sich zum König und erzählte ihm alle ihre Worte. »Wohl wußte ich«, sagte der König, »daß sie Dir so antworten würde, denn so muß eine jede tugendhafte, sittsame Frau sprechen; doch, Ulsius, laß es noch nicht dabei, sondern bringe ihr meine Bitten immer wieder, keine Dame wird so leicht besiegt.« Eines Tages saß der König an der Tafel und der Herzog von Tintayol neben ihm; vor dem König stand sein reicher goldner Becher, woraus er trank, da kniete Ulsius vor ihm nieder und sagte ihm leise, so daß der Herzog es nicht hören konnte: »Sire, sagt dem Herzog, daß er Euch zu Liebe aus dem Becher trinke und ihn dann seiner Gemahlin zuschicke, damit auch sie Euch zu Ehren daraus trinke und ihn behalte.« Der König nahm den Becher, trank daraus auf die Gesundheit des Herzogs, reichte ihn alsdann dem Herzog und sprach: »Trinket, Herr Herzog, auf das Wohlsein Eurer Frauen, Dame Yguerne, und sendet ihn ihr dann mir zu Liebe.« – »Ich danke Euch, Sire«, sagte der Herzog, der sich nichts Übles versah, »sie wird ihn mit Freuden annehmen«; rief dann einen seiner Ritter, den er liebte, und übergab ihm den Becher, daß er ihn seiner Gemahlin Yguerne brächte und daß er ihr dabei sage: der König sendete ihr den Becher, und sie solle ihm zu Liebe daraus trinken. Als Dame Yguerne dieses hörte, errötete sie aus Scham, durfte aber den Becher nicht ausschlagen, weil ihr Gemahl ihr daraus zugetrunken. Sie trank also, und als sie ihn zurücksenden wollte, sagte der Herzog: »Dame Yguerne, es ist des Königs Wille, daß Ihr ihn behaltet.« Sie mußte also den Becher behalten. Der Ritter ging zurück und grüßte den König in ihrem Namen, sie aber hatte ihm diesen Gruß nicht aufgetragen. Nach der Mahlzeit sagte der König zu Ulsius: »Gehe zur Dame Yguerne ins Zimmer und höre, was sie spricht.« Ulsius fand sie trauernd und gedankenvoll, und als sie ihn kommen sah, sprach sie: »Euer König hat mir auf eine verräterische Weise seinen Becher gesandt, und ich war gezwungen, ihn anzunehmen; aber dessen wird er keinen Gewinn haben, denn ihm zur Schande will ich dem Herzog meinem Gemahl erzählen, mit welchem Verrat Ihr und Euer König mir zusetzt.« – »Ihr werdet nicht so töricht sein«, sagte Ulsius, »ihm solches zu erzählen.« – »Eines schändlichen Todes sterbe die«, rief Yguerne, »die solches zu tun sich weigere.«

Ulsius ging fort; als aber der Herzog auf den Abend vom König zu seiner Gemahlin zurückkam, fand er sie weinend und in große Betrübnis versenkt. Er erschrak, nahm sie in seine Arme und fragte sie liebevoll, was ihr fehle. »Ich wollte, ich wäre tot«, rief Yguerne weinend. »Warum dies, meine geliebte Gemahlin?« – »Weil der König mir mit Liebe durch Ulsius nachstellen läßt. Alle diese Feste, sagte er, und diese Hofhaltung, zu welcher er die Damen des Landes einladen ließ, wären nur um meinetwillen, damit ich kommen müsse, und er mich in seine Gewalt bekäme. Lieber aber will ich sterben, als Euch untreu werden, mein Gemahl: denn ich liebe Euch, obgleich Ihr mich damit erzürntet, daß Ihr mich zwangt, seinen goldnen Becher anzunehmen. Bis dahin hatte ich mich aller seiner Geschenke erwehrt und nahm nichts an, aber auf Euern Befehl mußte ich nun den Becher annehmen, dies verbittert mir mein Leben. Das kann nicht länger so dauern, es geschieht sicher noch ein Unglück daraus; darum flehe ich Euch an, mein Herr und Gemahl, laßt mich zurück nach Tintayol reisen, denn unmöglich kann ich länger es hier erdulden.«

Der Herzog erschrak, als er seine Gemahlin, die er über alles liebte, so reden hörte, er konnte lange kein Wort vorbringen, vor Zorn und Leidwesen. Nachdem er endlich wieder sich erholt, ließ er alle seine Ritter, welche mit ihm in der Stadt waren, zu sich kommen. Als sie sich bei ihm versammelten, sagte er ihnen, daß sie sich sogleich und in der Stille in Bereitschaft setzen sollten, ihm zu folgen, weil er abreisen wolle; niemand in der Stadt müsse aber etwas davon erfahren: »Laßt Gepäck und Kasten zurück, das können die Diener morgen uns nachführen, nehmt nichts als Eure Waffen und folgt mir still.« Darauf ließ er sein Pferd vorführen, stieg auf, Dame Yguerne setzte sich hinter ihn, und so ritt er mit ihr aus der Stadt nach Tintayol; die Ritter folgten ihm einzeln nach, und so erfuhr denselben Abend der König nichts davon, daß sie fort waren.

## XXIII
## Wie der König in Zorn geriet, als er von der Abreise des Herzogs von Tintayol erfuhr, und Genugtuung verlangte

.Des andern Morgens war in der ganzen Stadt von nichts anderm die Rede; endlich kam das Gerücht dieser Flucht auch bis zum König. Dieser geriet in den heftigsten Zorn, als er vernahm, daß der Herzog, ohne Urlaub zu nehmen, fortgezogen sei; mehr aber kränkte es ihn noch, daß er die Dame Yguerne mit fortgenommen. Er ließ seine Ratsherren zusammenrufen und stellte ihnen das Unrecht des Herzogs vor, daß er ihn so plötzlich, ohne Ursache und ohne Urlaub zu nehmen, auf eine schimpfliche Weise verlassen habe, da er ihm stets so freundlich war, ihn auch mit schönen Geschenken an Kleinodien so geehrt habe. Die Ratsherren erstaunten über dieses Betragen des Herzogs, es dünkte ihnen ganz töricht zu sein, und gar nicht zu entschuldigen. Sie wußten aber die wahre Ursache nicht von seinem Weggehen; weil nun der König ihm vor allen anderen Ehre und Freundschaft erzeigt habe, so glaubten sie, er könne sein Vergehen um desto weniger wieder gut machen, und es sei ein Verbrechen der beleidigten Majestät.

Sie beschlossen und rieten dem König, daß er zwei Botschafter nach Tintayol senden müsse und dem Herzog durch diese sagen lasse, daß er dem König Genugtuung geben müsse für die Beleidigung, die er ihm zugefügt, indem er ohne des Königs Einwilligung und ohne Urlaub von ihm zu nehmen den Hof verlassen habe. Der König verlange also, daß er eben so wieder an den Hof zurückkehre, wie er ihn verlassen, um des Königs Gnade zu erflehen.

Der König war dieses auch sogleich zufrieden und sandte zwei tapfere Ritter als Gesandte nach Tintayol. Als diese vor den Herzog kamen und er ihren Auftrag vom Könige vernommen hatte und hörte, daß er seine Gemahlin wieder mit sich an den Hof bringen solle, weil der Befehl so war, daß er eben so wieder dahin zurück kommen müsse, wie er hinweggeritten, da geriet er in großen Zorn und sprach zu den Abgesandten: »Mit nichten werde ich wieder an seinen Hof gehen, denn er hat sich so sehr an mir und an den Meinigen vergangen, daß ich ihn nicht mehr lieben und ihm nicht fürder gehorsam sein kann. Mehr sage ich Euch jetzt nicht.«

Als die Abgesandten keine andre Antwort als diese vom Herzog erlangen konnten, zogen sie wieder ab und ritten nach Kardueil. Der Herzog aber ließ alle seine Ritter und die weisen Räte seines Landes zusammenberufen und erzählte ihnen nun, welche Verräterei der König an ihm begangen und wie übel er ihm mitgespielt; »darum«, setzte er hinzu, »ritt ich plötzlich, und ohne Urlaub von ihm zu nehmen, von Kardueil weg; jetzt aber hatte er mir die Botschaft wissen lassen, daß ich des Verbrechens der beleidigten Majestät schuldig sei und deshalb wieder an seinen Hof kommen müsse, um ihn um Verzeihung desfalls zu bitten; eben so müßte ich wieder kommen, wie ich den Hof verlassen: das heißt aber, nicht ohne meine Gemahlin Yguerne dürfe ich kommen.« – »Ihr habt wohl getan«, sagten seine Ritter und Räte, »daß Ihr solches nicht getan, denn es ist Eure Pflicht, daß Ihr Eure Ehre in Obacht nehmt. Übel hat der König getan, solchen Verrat an seinem Lehnsmann zu verüben.« – »Nun«, antwortete der Herzog, »so ersuche ich und bitte Euch, um meiner Ehre und der Eurigen willen, daß Ihr mir Euern Beistand gewährt und mir Hilfe leiht gegen den König, wenn dieser Krieg und Streit mit mir anfängt; daß Ihr mein Land mir beschützen helft und in allen Dingen mir zu Hilfe kommt.« Die Ritter und Räte versprachen ihm und schwuren, daß sie ihm helfen und dienen würden, sollte es auch ihr Leben kosten; wofür der Herzog ihnen sehr dankte. Nachdem der König den Bericht der zurückkehrenden Botschafter vernommen, geriet er sehr in Zorn und bot alle seine Barone und Fürsten auf, ihn an dem Herzog von Tintayol rächen zu helfen, und sie sagten ihm alle ihre Hilfe zu. Vorher ließ er, wie im rechtmäßigen Krieg, dem Herzog den Frieden aufsagen und ihm verkündigen, daß, wo er nicht dem König ehrenhafte Genugtuung täte, er sich nach vierzig Tagen in Bereitschaft zu halten habe, sich zu verteidigen, weil der König ihm in vollen Waffen zusprechen würde. Als der Herzog dieses Aufgebot vernommen, antwortete er den Boten, daß er sich wo möglich zu verteidigen gedächte; ließ darauf auch seine Ritter und Kriegsmänner entbieten und sie zur Verteidigung des Landes vorbereiten. »Ich besitze nur zwei feste Schlösser«, sagte er seinen Rittern, »die imstande sind, gegen den König zu halten, diese beiden soll er aber sicher nicht bekommen, so lange ich lebe. Meine Gemahlin soll hier zu Tintayol bleiben, nebst zehn der tapfersten und kühnsten Ritter zu ihrer Beschützung, welche die Burg wohl zu verteidigen im Stande sind; ich aber will mit den übrigen zu dem anderen Schlosse ziehen.«

## XXIV
## Von einer langanhaltenden Belagerung und dem Liebeskummer des Königs

Der König zog mit seinem Heer in das Land des Herzogs von Tintayol und nahm alle Städte, Dörfer und Burgen, wo er durchzog, ohne Widerstand ein. Hier erfuhr er, daß Dame Yguerne zu Tintayol geblieben, der Herzog aber zur Verteidigung einer anderen Burg fortgezogen sei; er versammelte also seinen Rat und fragte, ob er besser täte, erst Tintayol zu erobern und alsdann das andere Schloß, oder ob er erst den Herzog daselbst belagern solle. Seine Räte waren alle der Meinung, er müsse erst den Herzog in seinem festen Schlosse belagern; wenn er ihn selber erst in seiner Gewalt habe, so würde alles übrige von selbst kommen. Der König mußte diesen Gründen nachgeben, zog mit seinem Heer vor das feste Schloß und belagerte den Herzog. Als er nun vor dem Schlosse lag, sagte er heimlich zu Ulsius: »Was wird aus mir, so ich nicht Yguerne sehe?«–»Sire«, erwiderte Ulsius, »Ihr müßt jetzt Geduld haben: denkt darauf, den Herzog zu bezwingen, so sind dann alle Eure Wünsche erfüllt. Ihr würdet Eure Gesinnungen zu früh verraten haben, wenn Ihr gleich zuerst nach Tintayol gezogen wärt, ohne erst den Herzog zu belagern; also faßt Euch, und seid guten Mutes.«

Die Belagerung ward mit großer Hitze betrieben und mancher Sturm auf das feste Schloß gelaufen; der Herzog aber verteidigte sich tapfer, so daß die Belagerung sehr lange dauerte, worüber der König sehr mißmutig war, denn er erkrankte ganz in Sehnsucht nach Yguerne.

Als er eines Tages traurig in seinem Zelt saß, überfiel ihn eine solche Schwermut, daß er heftig anfing zu weinen; und als seine Leute ihn so weinen sahen, entfernten sie sich erschrocken aus seinem Zelt und ließen ihn allein mit Ulsius. »Warum weint mein König?« fragte der ihn mitleidig. »Ach! Ulsius«, sprach der König, »ich sterbe vor Sehnsucht nach Yguerne! Ja der Tod ist mir gewiß, schon habe ich Eßlust und Trinklust verloren, und in der Nacht finde ich keine Ruhe mehr, weil der Schlaf mich flieht; und kein Mittel sehe ich, wie mir Heilung würde!« – »Faßt Mut, mein König, Ihr sterbt sicherlich nicht aus Liebe für eine Frau! Wenn Ihr doch den Merlin haben könntet«, fuhr er fort, »laßt ihn aufsuchen, vielleicht gibt er Euch guten Rat.« – »Gewiß weiß Merlin, was ich leide«, sprach der König, »aber ich habe ihn erzürnt, als ich den leeren Platz an der Tafelrunde versuchen ließ, und nun läßt er nichts von sich hören; auch glaube ich, findet er es wohl übel von mir getan, daß ich für Dame Yguerne in Liebe entbrannt bin, denn ich sollte wohl nicht begehren das Weib meines Untertanen, meines Lehnsmannes. Es ist Sünde, das weiß ich wohl; und dennoch muß ich sie begehren, ich bin nicht Schuld daran, kann mich dessen doch nicht erwehren.«

»Ich bin sicher«, sagte Ulsius, »Merlin liebt Euch so sehr, daß er nicht ausbleiben wird, wofern ihm Euer Leid und Euer Schmerz bekannt ist, sondern er kommt gewiß und bringt Trost für Euch. Faßt nur Mut, mein König, habt nur noch Geduld, seid etwas fröhlicher, versucht Euch mit guten Speisen und Getränken zu stärken, laßt Eure Barone oft um Euch sein und vertreibt Euch in ihrer Gesellschaft auf eine ergötzliche Weise die Zeit, damit Ihr in etwa Euer Leid vergessen mögt!« – »Gern tue ich, was Du mir sagst«, antwortete ihm der König; »doch werde ich nicht meine Liebe, und nicht mein Leiden vergessen können.«

## XXV
## Wie sich Uterpendragon, Ulsius und Merlin verwandelten und die Herzogin damit täuschten. Wie König Artus gezeugt wurde und Merlin das Neugeborene für sich verlangte

Als der König einige Tage darauf nach der Messe in sein Zelt kam, fand er den Merlin daselbst. Groß war seine Freude, als er ihn erblickte, mit offenen Armen eilte er auf ihn zu, schloß ihn an sein Herz und küßte ihn. »Merlin«, fing er an, »ich sage Dir nichts von meinen Angelegenheiten, Du weißt sie besser als ich selber; aber ich bitte Dich um Gottes Willen, hilf mir von meinem Herzeleid, das Dir so wohl bekannt ist.« – »Laß erst den Ulsius kommen«, sagte Merlin, »dann will ich Dir antworten.«

Ulsius wurde sogleich gerufen, und als er kam und der König zu ihm sagte: »Sieh, hier ist Merlin!« wurde er vergnügt, begrüßte ihn und sagte zum König: »Nun dürft Ihr nicht mehr weinen, denn sicherlich bringt er Euch Trost und Hilfe.« – »Ach«, sagte der König, »könnt er Yguernes Gunst mir verschaffen, so gäbe es nichts, was ich nicht für ihn täte, wenn es nur in meiner Macht steht.« – »Wagst Du«, sagte Merlin hierauf, »mir das zu versprechen, was ich Dir anfordern werde, so will ich Dir Yguerne zu verschaffen suchen, so daß Du bei ihr in ihrer Kammer und in ihrem Bette schläfst.«

Ulsius lachte, als er dieses hörte, und sagte: »Jetzt wird man sehen, was eines Königs Herz wert ist.« – »Fordere, was Du willst«, rief der König, »es gibt nichts, was ich Dir nicht dafür gäbe, fordere nur!« – »Ich will dessen gewiß sein«, erwiderte Merlin, »Du und Ulsius, Ihr müßt beide mir einen Eid auf die heiligen Reliquien ablegen, daß ich von Dir bekomme, was ich Dir den Morgen abfordern werde, nachdem Du die Nacht bei Yguerne zugebracht haben wirst. Willst Du mit dem König schwören, Ulsius?« – »Mir währet die Zeit lang, ehe ich geschworen habe«, erwiderte dieser. Hierauf ließ der König die heiligsten Reliquien vor sich bringen, er und Ulsius legten die Hände darauf, und so schwuren beide, daß der König den Merlin das geben müsse, was Merlin am Morgen nach der Nacht, die er bei Yguerne zubrächte, von ihm fordern werde.

Nachher eröffnete Merlin ihnen die Art und Weise, wie er dem König Yguernens Gunst verschaffen wollte. »Du«, sprach er zum König, »mußt Dich dabei mit viel Weisheit und sehr klug betragen; denn Yguerne ist eine sehr tugendliche Dame, die Gott und ihrem Gemahl immer treu gewesen. Ich will Dir aber durch meine Kunst die Gestalt des Herzogs geben, so daß sie Dich für ihren Gemahl halten muß. Auch hat der Herzog zwei Ritter, seine und Dame Yguernens vertraute Freunde, sie heißen Bretiaux und Jourdains. Die Gestalt des ersten will ich annehmen, Du, Ulsius, sollst die des Jourdains haben. Wenn es dunkel wird, wollen wir in dieser Verwandlung auf das Schloß Tintayol reiten, die Wachen werden uns den Eingang nicht verwehren, da sie uns für die Ihrigen ansehen. Nur des Morgens müssen wir wieder früh uns fortgeben, denn wir werden wunderbare Dinge hören. Dein Lager laß unterdessen wohl bewachen, und daß Deine Leute niemandem sagen, wo Du hingegangen bist. Vergiß von allem dem nichts, was ich Dir hier sage, und seid zwischen hier und morgen bereit, wenn ich Euch holen komme.«

Der König erwartete den Merlin mit der größten Ungeduld; endlich kam er wieder und sagte: »Jetzt ist alles in Bereitschaft und fertig, nun zu Pferde.« Sie ritten bis eine kleine halbe Meile von Tintayol; »hier müssen wir uns ein wenig aufhalten«, sagte Merlin, »steigt ab von Euren Pferden und erwartet mich hier.« Sie stiegen alle ab, Merlin ging etwas abwärts, pflückte Kräuter ab, rieb dem König das Gesicht und die Hände damit, dann dem Ulsius und sich selber, und sofort verwandelten sie sich alle drei; der König sah vollkommen wie der Herzog von Tintayol aus, so wie Merlin und Ulsius dem Bretiaux und Jourdains glichen, so daß sie sich einander ansahen und sich wirklich lange dafür hielten. Mit hereinsinkender Nacht kamen sie an das Schloßtor von Tintayol, wurden ohne Schwierigkeit eingelassen, und gaben der Wache den Befehl, es niemandem bekannt zu machen, daß der Herzog zu Tintayol da sei. Die Herzogin war schon zu Bette, als die drei in ihr Schlafzimmer kamen, die Ritter halfen ihrem Herrn sich entkleiden und in das Bett zur Dame Yguerne steigen, und entfernten sich alsdann. In dieser Nacht ward sie mit einem Sohn schwanger, der nachmals der gute König Artus genannt wurde. Der König genoß große Freude und Liebe die ganze Nacht hindurch von Yguerne, denn sie umarmte ihn und begegnete ihm mit herzlicher Freundlichkeit, wie sie ihren treugeliebten Gemahl umfing.

Mit Tagesanbruch hörten Merlin und Ulsius, die schon aufgestanden waren, das Gerücht in der Stadt, der Herzog sei erschlagen und seine Seneschalls gefangen. Sie liefen also gleich ins Schlafzimmer zu ihrem Herrn und riefen: »Herr Herzog, steht auf und begebt Euch in Euer andres Schloß, denn die Nachricht ist gekommen, das Eure Leute Euch für tot halten.« Ihr Herr stand auch sogleich auf, nahm zärtlichen Abschied von der Dame Yguerne, empfahl sie dem Schutze Gottes, küßte sie und ritt davon mit den beiden Begleitern. Niemand im Schlosse wußte darum, daß der Herzog die Nacht bei seiner Gemahlin gewesen, außer ihren Kammerfrauen und den Torwächtern.

Als sie glücklich wieder hinausgekommen waren, sich des gelungenen Anschlags freuten und sich fröhlich unterhielten, fing Merlin an und sagte zum König: »Ich habe, denke ich, Dir mein Wort gehalten, jetzt denke auch Du darauf, daß Du Deinen Eid hältst.« – »Du hast mir«, antwortete der König, »mehr Freude gegeben und einen viel größeren Dienst geleistet, als je ein Mensch dem andern leistete, und ich bin bereit, Dir mein Versprechen zu halten; jetzt sag an, was Du verlangst.« – »Wisse«, sprach Merlin, »daß Yguerne in dieser Nacht mit einem Kind männlichen Geschlechts ist schwanger worden, dieses Kind verlange ich von Dir.«

Der König entsetzte sich, durfte aber sein Wort nicht zurückziehen. »Ich legte einen Eid ab«, sagte er, »Dir zu geben, was Du verlangen würdest; es sei Dir also zu Deiner Willkür übergeben.«

## XXVI
## Was Ulsius und Merlin dem König rieten, und wie Merlin dann Abschied nahm

Hierauf wuschen sie sich alle drei in einem Fluß, wo sie hinüber mußten, und bekamen ihre natürliche Gestalt wieder. Als sie im Lager anlangten, kamen alle ihnen mit der Nachricht entgegen, der Herzog sei erschlagen. Der König war sehr betrübt über diese Nachricht, denn er hatte seinen Tod nicht gesucht. »Und wie geschah dies?« fragte er seine Leute. Nun hörte er, der Herzog, der es gemerkt, daß der König nicht im Lager sei, habe in der Nacht still seine Leute waffnen lassen, und habe einen Ausfall auf die Belagernden getan. Diese, von dem Getöse aufgeweckt, bewaffneten sich schnell und schlugen jene in ihr Schloß zurück; als sie sich aber mit ihnen ins Tor drängen wollten, sei der Herzog vom Fußvolk, das ihn nicht kannte, überwältigt und getötet worden. Die im Schlosse hätten sich nicht länger verteidigt, als sie den Tod ihres Herrn erfahren, sondern sich sogleich mit dem Schlosse ergeben.

Der König ließ seine Räte zusammenrufen und legte ihnen die Sache vor, daß sie ihm rieten, wie er Genugtuung für des Herzogs Tod zu geben habe, denn er betrübte sich sehr um diesen Unfall. Er hatte den Herzog nicht gehaßt und seinen Tod nicht begehrt; »darum«, sagte er, »will ich seinen Anverwandten hinlänglich Genugtuung verschaffen, wie Ihr mir raten sollt.«

Ulsius saß mit im Rat des Königs, und da die Räte verlangten, daß er zuerst sprechen sollte, sagte er ihnen: »Wer dem König und dem Reich zum Besten raten will, der verlange, daß der König den Freunden und Verwandten der Herzogin Yguerne sagen lasse, wie sie sich alle zu Tintayol versammeln, dort sich über ihre Angelegenheit beratschlagen, und alsdenn alle zusammen sich nach Kardueil zu begeben haben, wo der König ihnen Genugtuung geben und Frieden mit ihnen schließen würde.«

Während Ulsius dies den Räten des Königs sagte, sie seine Meinung begriffen und sich auf ihn verließen, weil er der vertrauteste Freund des Königs war und wohl wissen mußte, was dem König am angenehmsten zu hören war – sie auch dem Ulsius versprachen, dem König nicht zu sagen, daß dieser Rat von ihm allein käme, sondern daß sie allesamt solches beschlossen, kam Merlin in das Zelt des Königs und sagte ihm: »Ulsius spricht und denkt gut und weislich über Deine Angelegenheit, auch ist er Dir treu ergeben, Du darfst ihm also sicher trauen und genau alles tun, was er von Dir verlangt; denn es ist zu Deinem Besten, was er verlangen wird, und alles wird gut bestehen nach seinem Rat. Folge also dem treuen und verständigen Ulsius, ich muß mich jetzt von Dir trennen; wenn Yguerne, der Du Dich jetzt vermählen wirst, das Knäblein geboren hat, mit dem sie von Dir ist schwanger worden, dann werde ich wiederkommen und es holen, denn Du weißt, es ist mein nach Deinem Eid. Auch werde ich dann noch nicht mit Dir reden, sondern nur mit Ulsius, dem ich sagen werde, auf welche Art er mir das Kind einhändigen müsse.« Der König war äußerst betrübt, daß Merlin von ihm gehen wollte, doch wurde er wieder froh, als Merlin ihm die Versicherung gab, daß er sich auf Ulsius verlassen könne; und daß Yguerne seine Gemahlin werden solle, erfüllte sein Herz mit großem Entzücken.

»Hüte Dich aber«, fügte Merlin hinzu, »bei dem Leben der Dame Yguerne, daß Du ihr nie das Geheimnis entdeckst, wie das Kind, das sie unter ihrem Herzen trägt, nicht von ihrem Gemahl dem Herzog, sondern von Dir sei, und daß Du bei ihr geschlafen habest, ehe sie Dir vermählt ward; denn sie ist von großer Tugend und Frömmigkeit, und wenn Du sie so beschämtest, könntest Du wohl ihre Liebe verlieren.« Darauf beurlaubte er sich vom König und begab sich zum Meister Blasius, wo er ihn alles so aufschreiben ließ, wie wir es hier lesen.

# XXVII
## Wie durch geschicktes Reden der König die Witwe Yguerne zur Frau bekam und dafür noch gepriesen wurde

Die Botschafter des Königs kamen nach Tintayol, wo sie Dame Yguerne und alle ihre Verwandte und Freunde versammelt fanden. Sie begrüßten die Herzogin, als sie vor sie gelassen wurden, und stellten ihr vor, der Herzog sei durch eigne Schuld und durch seine dem König zugefügte Beleidigung erschlagen worden. »Der König«, sagten sie, »ist in große Betrübnis durch seinen Tod versetzt und läßt Euch anbieten, mit Euch Frieden zu schließen nach Eurem eignen Begehren. Er ist ganz bereit, Euch und Euern Freunden und den Verwandten des Herzogs jede Genugtuung zu geben, die Ihr zusammen von ihm verlangen wollt.« – »Wir wollen uns«, antwortete die Dame und ihre Verwandten den Botschaftern, »wir wollen uns darüber beratschlagen.«

Nachdem sie sich besonnen und sich untereinander beraten hatten, sagten sie der Dame Yguerne, ihre Meinung sei, daß man Frieden schließe mit dem König. »Da der Herzog durch seine eigene Schuld getötet wurde«, sagten sie, »kann der König nichts dafür, auch tut es ihm ja sehr leid; bedenken wir auch, daß wir nur schwach gegen ihn sind und uns nicht gut gegen ihn werden verteidigen können. So meinen wir also, wir hören die Vorschläge an, die er uns tun läßt; es sind vielleicht solche, die wir nicht ausschlagen können, und so muß man von zwei Übeln das kleinste wählen.« Die Dame gab ihren Freunden die Vollmacht alles zu tun, was ihnen genehm sei, sie willige in alles ein, was sie unter sich beschließen möchten.

Die Botschafter wurden wieder vor sie gerufen und gefragt, welche Genugtuung der König ihnen zu geben gedächte. »Wir wissen den Willen des Königs nicht weiter«, antworteten sie, »als daß er beschlossen hat, in dieser Sache ganz nach dem Willen seiner Barone und seiner Räte zu verfahren.« Darauf verabredeten sie, daß die Herzogin sich nach fünfzehn Tagen mit allen ihren Verwandten und Freunden nach Kardueil begeben würde, wozu der König ihnen sicheres Geleite entgegensenden müsse; daß auch, wenn seine Anerbietungen die Genugtuung betreffend der Herzogin und ihrer Partei nicht genehm dünkten, der König sie alle auf seine Unkosten nach Tintayol zurücksenden müsse. Nach dieser Abrede empfahlen die Botschafter sich der Dame, sowie den Übrigen, und ritten zum König nach Kardueil zurück. Der war sehr begierig, welche Antwort sie ihm von der Dame bringen würden, und voller Freude, als er vernahm, wie sie nach Kardueil kommen wollten.

Nach vierzehn Tagen sandte er sicheres Geleit der Dame Yguerne entgegen, die so wie ihre Freunde und Verwandte in tiefer Trauer zu Kardueil anlangte. Sogleich sandte der König seine Räte in ihre Versammlung, und sie wurden von ihnen im Namen des Königs gefragt, welche Genugtuung sie für den Tod des Herzogs forderten. Die Räte der Dame antworteten: »Die Herzogin ist nicht hierher gekommen zu fordern, sondern um zu vernehmen, was der König für sie zu tun Willens ist.« Der König hielt die Räte der Dame für sehr verständige Männer, wegen dieser Antwort. Ulsius ging nun in die Versammlung der Barone und Herren, um sich mit ihnen zu beraten, weil der König ihnen alle Vollmacht gegeben, zu tun und zu raten, was ihnen nach ihrer Weisheit am besten dünkte und am rätlichsten zum Besten des Reichs und seiner Untertanen. »Ich gehe«, sagte Ulsius dem König, als er sich von ihm beurlaubte, »um zu tun, was Ihr mir gebietet; erinnert Euch aber, mein König, daß ein Fürst seinen Leuten nicht gut genug begegnen und sich nicht genug vor ihnen demütigen kann.«

Ulsius und die übrigen Räte begaben sich sofort zur Dame Yguerne, stellten sich ihr als diejenigen vor, denen der König Vollmacht gegeben, in dieser Sache Recht zu sprechen, und fragten sie, ob sie damit zufrieden sei und sich ihrem Spruch unterwerfen wolle. Dame Yguerne antwortete ihnen: Der König könne ihr nichts Größeres anbieten, als daß er seine Barone wolle für sich urteilen lassen; worauf sich die des Königs wieder entfernten und sich besonders versammelten, um die Sache zu beenden.

Nachdem sie sich untereinander beraten, was am besten zu tun sei, riefen sie allesamt den Ulsius, daß er zuerst seine Meinung sage. »Ihr wißt wohl«, fing Ulsius an, »daß der Herzog durch des Königs Schuld ums Leben kam, und daß er den Tod nicht verdiente; seiner Gemahlin blieben die Kinder zur Last, und der König verheerte ihr Land durch den Krieg. Auch haben die Verwandten und Freunde des Herzogs gar viel durch seinen Tod eingebüßt; es ist also der Billigkeit und dem Rechte gemäß, daß ihnen nach Würden so viel erstattet werde, was sie verloren, damit der König ihrer Anhänglichkeit und Liebe gewiß bleibe. Andrerseits ist der König unvermählt, und es ist Zeit, daß er eine Gemahlin sich erwähle; da nun Dame Yguerne, wie Ihr wißt, eine der tugendsamsten Frauen der Welt ist, so wäre meine Meinung, der König könne keine schicklichere Genugtuung geben, als wenn er sie zur Gemahlin erwählte. Mich dünkt, solches würde eine große Wohltat sein für das ganze Land wie auch für Euch, und ein jeder wird diese Art Genugtuung zu geben lobenswert finden. Auch rate ich, daß er die älteste Tochter des Herzogs dem König von Orcanien, welcher hier zugegen ist, zur Gemahlin gebe; und allen übrigen so tue, daß sie ihn für ihren gnädigen und großmütigen König lieben und in Ehren halten.«

Die Geschichte erzählt, daß, als Ulsius auf diese Weise seine Meinung gesagt, er die andern Räte aufforderte, die ihrige gleichfalls zu sagen. »Ulsius«, antworteten sie ihm insgesamt, »Du hast den besten Rat erteilt, und den allerhochschwingendsten, den je ein Mensch zu denken sich erdreistet; wenn Ihr denselben, so wie Ihr jetzt vor uns tatet, vor dem König wiederholt, und wir sehen, daß er einwilligt, so wollen auch wir gern einwilligen.« – »Das ist nicht genug«, sagte Ulsius, »Ihr müßt noch vor dem König Eure Einwilligung dazu geben; hier ist gleich der König Loth von Orcanien zugegen, auf den der Frieden nun zum Teil ankommt, er mag zuerst seine Meinung sagen.« Und der König von Orcanien antwortete.: »Ich möchte um alles in der Welt nicht, daß der Frieden um meinetwillen unterbliebe.«

Als die andern dies hörten, pflichteten sie gleichfalls alle der Meinung des Ulsius bei und gingen darauf allesamt zum König, wo auch Dame Yguerne mit den Ihrigen sich einfand. Die ganze Versammlung setzte sich nieder, ausgenommen Ulsius; dieser stand vor ihnen, trug den Ratschluß der Barone und Fürsten vor und fragte den König darauf, ob er dem Rat dieser Männer beipflichte. »Ich pflichte ihm bei«, antwortete der König, »wenn anders Dame Yguerne und ihre Partei darin einwilligen, und wenn König Loth von Orcanien die älteste Tochter des Herzogs ehelichen will.« – »Sire«, sprach König Loth, »es gibt nichts, was ich nicht aus Liebe zu Euch, und des Friedens wegen, zu tun entschlossen wäre.« Ulsius wandte sich nun zur Partei der Dame und fragte sie, wie sie zufrieden seien, und ob sie unter diesen Bedingungen Frieden schließen wollten.

Als er sich so an sie wandte und erwartete, daß der, welcher den Auftrag hatte, im Namen der Herzogin zu reden, nun antworten würde, fingen sie vor großer Rührung alle an zu weinen, so daß Tränen so groß wie Erbsen ihnen aus den Augen fielen; so auch weinte der, welcher hatte sprechen sollen, vor Freude und Rührung, so daß er nicht ein Wort vorbringen konnte. Endlich sagte er: »Nein, niemals hörte ich solche Reden, noch sah ich solche ehrenvolle Genugtuung, wie die ist, welche der König jetzt einem seiner Lehnsleute widerfahren läßt!« fragte darauf die Dame und die übrigen Verwandten, ob sie mit diesen Bedingungen zufrieden wären. Dame Yguerne weinte, konnte aber nicht reden; die anderen sprachen für sie und waren einstimmig der Meinung, eine ehrenvollere Genugtuung könnten sie nicht verlangen noch einen schönern Frieden schließen.

Zwei Tage nachher ward die Vermählung des Königs mit der Yguerne gefeiert, zugleich auch die des Königs Loth von Orcanien mit der ältesten Tochter des Herzogs. Dame Yguerne hatte noch eine andre Tochter, Morgante genannt, diese wurde in ein Kloster geschickt, um dort unterrichtet zu werden. Sie brachte es so weit in allen Wissenschaften, daß es ein Wunder war; sie verstand auch die Astronomie in einem so hohen Grade, daß niemand sich neben ihr in dieser Kunst durfte sehen lassen; nachmals ward sie Morgante, die Fee, genannt. Die andere Tochter, welche dem König von Orcanien vermählt wurde, gebar drei Söhne, alle drei sehr tapfere Ritter, welche nachmals an der Tafelrunde saßen. So wurden auch die übrigen Kinder der Herzogin gut vom König versorgt, und ihre Freunde und Verwandten liebte er und hielt sie sehr in Ehren.

## XXVIII

### Yguerne entdeckt dem König, daß das Kind weder von ihm noch dem Herzog sei, und Merlin verabredet mit Anthor einen Kindestausch

Es waren an dem Tag, als der König mit der schönen Yguerne Hochzeit hielt, gerade zwanzig Tage, seit er in Gestalt des Herzogs bei ihr geschlafen und daß sie schwanger von ihm geworden. Die Hochzeit wurde sehr fröhlich und in großer Pracht gefeiert; fünfzehn Tage lang dauerte die Festlichkeit, wo ein jeder, der sich dazu einfand, aufs herrlichste bewirtet wurde. Der König war voll Freuden, das erlangt zu haben, wo nach er sich so gesehnt, und wollte lange Zeit von nichts anderem hören als von Festen und Freudenbezeigungen. Als er nun einmal des Nachts bei seiner Gemahlin lag, und sie hoch schwanger war, fragte er sie, von wem sie schwanger sei, da er nicht glaubte, daß sie es schon von ihm sein könne, auch vom Herzog könne es nicht sein, da er lange Zeit vor seinem Tod nicht bei ihr gewesen war.

Die Königin Yguerne fing an zu weinen, als sie diese Worte des Königs vernahm, und sagte unter vielen Tränen: »Mein König, ich kann Euch auf keine Weise eine Unwahrheit sagen; es ist nur zu wahr, daß ich nicht von Euch schwanger sein kann, aber habt um Gottes Barmherzigkeit willen Erbarmen mit mir! Was ich Euch erzählen will, ist sehr wunderbar, aber es ist darum nicht weniger die Wahrheit; ich bitte Euch daher, versprecht mir ehe ich spreche, daß Ihr mich nicht verstoßen wollt, daß Ihr mir auch keinen Vorwurf machen wollt.« – »Ihr dürft frei mir alles sagen«, antwortete der König, »denn ich verspreche Euch, was es auch sein möge, werde ich in meinem Betragen gegen Euch deswegen nichts ändern.«

Hierauf war Yguerne beruhigt und erzählte dem König getreu alles, was ihr in jener Nacht widerfahren, als sie dachte, den Herzog ihren Gemahl nebst seinen beiden vertrauten Rittern bei sich zu sehen, wie sie dann mit ihrem vermeinten Gemahl die Nacht zugebracht, des anderen Tages aber, als er schon wieder von ihr geschieden, die Nachricht erhalten habe, daß er in der vorigen Nacht, anstatt bei ihr zu sein, auf dem Schlachtfelde umgekommen sei; »und so«, fügte sie hinzu, »weiß ich nicht, wem das Kind zugehört.« – »Süße Freundin«, antwortete der König hierauf, »ich bitte Euch, übergebt dieses Kind dem, der kommen wird, es zu holen, oder wem ich es geben mag, damit wir nie von ihm reden hören.« – »Sire«, erwiderte Yguerne, »mit mir wie mit allem, was mir gehört, tut nach Euerm Wohlgefallen.«

Des andern Morgens erzählte der König dem Ulsius, was zwischen ihm und seiner Gemahlin nachts geredet worden war. »Nun könnt Ihr wohl gewiß sein«, sprach Ulsius, »daß die Königin eine sehr fromme, weise und treugesinnte Dame ist, weil sie Euch in dieser so wichtigen Sache keine Unwahrheit sagte, sondern es wagte, ganz die Wahrheit zu sprechen.«

Nach sechs Monaten kam Merlin zu Ulsius, bezeigte ihm seine Zufriedenheit mit allem, was geschehen; sandte ihn darauf zum König, der sogleich kam und sich sehr freute, Merlin wiederzusehen. Darauf sprach Merlin zum König: »Nicht weit von hier wohnt ein edler Biedermann, mit Namen Anthor, dessen Gemahlin ist die verständigste und gottesfürchtigste Frau im ganzen Land, sie ist von untadelhaften Sitten, in allem Guten sehr wohl unterrichtet und von vortrefflicher Gemütsart. Diese Frau ist kürzlich mit einem Sohn niedergekommen; der biedere Anthor gehört aber nicht zu den reichsten. Ich rate Dir, daß Du zu ihm sendest, ihn zu Dir rufen läßt und ihm Geld und Gut hinreichend gibst, damit er anständig leben mag; bittest ihn aber nachher, daß er ein Kind, welches man ihm bringen würde, an seiner Ehefrauen Brust erziehen und von ihrer Milch ernähren lasse; dann laß ihn einen heiligen Eid ablegen, daß er dies sicher halten wolle, seinen Sohn einem andern zur Erziehung zu geben und an dessen Statt den Sohn, den man ihm bringen würde, als den seinigen zu erziehen und zu halten.« – »Ich will«, sagte der König, »alles pünktlich ausführen, wie Du vorgeschrieben.«

Merlin ging zurück zum Meister Blasius, und der König ließ den braven Anthor zu sich rufen. Anthor kam sogleich, und war nicht wenig verwundert, als der König ihn mit besonder Freundlichkeit empfing und ihm viel Ehre erzeigte, konnte auch nicht begreifen, warum dies wohl geschehen möchte. »Mein Freund«, fing der König an, »ich will Dir ein Geheimnis entdecken, hüte Dich aber bei Deinem Leben, daß Du es niemand sagst; Du bist mein Untertan und mein Lehnsmann; Du bist es also Gott und mir schuldig, mein Geheimnis fest zu bewahren und mir, was ich Dir sagen werde, ausführen zu helfen.« – »Sire«, antwortete Anthor, »Ihr könnt mir nichts gebieten, was ich nicht mit Freuden zu tun Willens wäre; sollte ich es aber nicht tun können, so ist Euer Geheimnis doch auf jeden Fall sicher bei mir verwahrt.«

»So höret, mein Freund, was mir neulich, als ich schlief, für ein Gesicht erschien. Ich sah einen Mann vor mir, der mir sagte, Ihr, Anthor, wäret einer der biedersten und ehrenhaftesten Männer in der Welt; Ihr«, fuhr er fort, »habt ein Kind erzeugt, welches Eure Frau zu dieser Stunde mit ihrer Milch ernährt. Dieser Mann gebot mir, Euch zu sagen, daß Ihr mir zuliebe dieses Euer Kind einer andern zu ernähren, und zu erziehen gebt, und dafür von Eurer Frau ein Kind an ihrer Brust tränken lasset, welches Euch ein fremder Mann überbringen wird, und daß Ihr dieses fremde Kind als das Eurige erzieht und haltet.« – »Sire«, fing Anthor wieder an, »es ist ein Großes, was Ihr von mir verlangt, daß ich mein eignes Kind einer fremden Frau zu säugen gebe, und mich eines fremden dafür annehme; doch, was mich betrifft, so will ich Euch gehorchen, im Fall, daß es meine Frau zufrieden ist; doch verspreche ich Euch, daß ich sie ersuchen werde, darin einzuwilligen. Sagt mir nun, mein König, ob das Kind schon geboren ist, und wann ich es erhalten soll.« – »Ich weiß es nicht«, antwortete der König; gab ihm aber eine große Summe Goldes und vielen Reichtum und Güter, worüber der biedere Anthor sehr erfreut war. Dann ging er zu seiner Frau nach Hause und erzählte ihr, was zwischen ihm und dem König vorgefallen; es kam ihr dies aber sehr befremdend vor.

»Wie sollt ich wohl«, sagte sie, »mein eignes Kind weggeben können, um ein fremdes zu nähren?« – »Es gibt nichts«, sprach Anthor, »was wir nicht schuldig wären, für unsern Landesherrn zu tun. Du siehst, daß er mir schon viel gegeben, und noch mehr hat er zu tun versprochen, so daß wir niemals eine Armut werden zu befürchten haben; wir müssen also auch alles tun, was er von uns verlangt. Mein Wille ist, so es Dir gefällt, daß Du das Kind, welches uns gebracht wird, säugst und erziehst, gleich wie das unsre.« – »Ich gehöre Euch«, sagte die Frau, »und auch mein Kind gehört Euch zu, tut an uns nach Eurem Wohlgefallen.« Der wackere Anthor war über diese Antwort seiner Frau sehr vergnügt.

## XXIX

## Wie ein fremder alter Mann das Neugeborene in Empfang nahm und Anthor es dann auf den Namen Artus taufen ließ

Den Tag vor der Niederkunft der Königin kam Merlin zu Ulsius und sprach: »Ich bin zufrieden mit den Anstalten, welche der König getroffen. Geh, sag ihm, er solle die Königin vorbereiten, sie würde morgen nach Mitternacht entbunden werden«; und wie sie gleich nach ihrer Entbindung das Kind dem Manne übergeben müsse, den sie beim Hinausgehen aus ihrem Zimmer erblicken würde. Ulsius fragte ihn, ob er nicht selber mit dem König sprechen wolle, er sagte aber: »Nein, nicht zu dieser Stunde.«

Ulsius bestellte dem König alles, was Merlin ihm aufgetragen, und der König ging sogleich zur Königin. »Morgen nach Mitternacht«, sagte er ihr, »wirst Du entbunden sein; ich bitte Dich aber, und verlange es ausdrücklich, daß Du das Kind gleich nach der Geburt Deiner vertrautesten Kammerfrau gibst, mit dem ausdrücklichen Befehl, es dem Mann zu geben, der es ihr beim Hinausgehen aus dem Zimmer abfordern wird. Auch mußt Du allen denen, welche bei der Niederkunft zugegen sein werden, bei ihrem Leben verbieten, niemandem zu sagen, daß Du niedergekommen bist, weil viele glauben möchten, das Kind sei nicht von mir; auch kann es wohl in Wahrheit nicht von mir sein.« – »Ich sagte es Euch ja«, erwiderte die Königin, »daß ich nicht weiß, wer Vater dieses Kindes ist; ich will tun mit ihm, was Ihr verlangt.« Sie war aber so beschämt, daß sie den König nicht ansehen konnte, sondern ihre Augen niederschlug.

Um die bestimmte Stunde kam sie nieder, worüber sie sehr verwundert war, daß der König die Stunde ihrer Entbindung vorhergesagt. Es geschah auch alles so, wie der König ihr befohlen hatte. »Traute Freundin«, sagte sie zur Kammerfrau, »nimm das Kind und gib es dem Mann, der vor der Zimmertür es Dir abfordern wird; gib aber genau Acht, wer dieser Mann ist.«

Die Kammerfrau wickelte das Kind in reiche Windeln und trug es hinaus; als sie die Tür öffnete, kam ihr ein sehr alter, schwacher Mann entgegen. »Worauf wartet Ihr hier?« fragte sie. »Auf das, was Ihr bringt«, antwortete der Alte. – »Wer seid Ihr? was soll ich meiner Gebieterin sagen, wem ich es gegeben?« – »Bekümmere Dich nicht darum, tue, was Dir befohlen, und was Du tun mußt.« Darauf reichte sie ihm das Kind, er nahm es, und in demselben Moment verschwand er damit, so daß die Kammerfrau nicht wußte, wo er hingekommen. Als sie nun wieder zur Königin ins Zimmer trat und ihr erzählte, wie sie das Kind einem fremden sehr alten Mann habe geben müssen, der in dem Moment, als er es erhielt, damit verschwunden sei, fing die Königin bitterlich an zu weinen.

Der Alte ging mit dem Kind hinaus, um es dem frommen Anthor zu bringen, begegnete ihm aber auf der Gasse, als er eben zur Messe gehen wollte. »Anthor«, redete er ihn an, »ich bringe Dir ein Kind, das Du wie das Deinige erziehen und ernähren sollst. Wenn Du das treulich tust, wird das Gute, das Dir und den Deinen daraus entstehen wird, unermeßlich und Dir kaum glaublich sein. Der König wie auch jeder edle Mann und jede edle Frau bitten Dich, es gut zu halten. Auch ich bitte Dich darum; meine Bitte muß Dir so viel wie die des reichsten Mannes gelten.« Anthor nahm das Kind, sah es an und fand es wohlgebildet und von großer Schönheit. »Ist es getauft?« fragte er den Alten. »Nein«, sagte dieser, »Du magst es sogleich in der Kirche taufen lassen, wo Du vorhattest, zur Messe zu gehen.« – »Welchen Namen soll ich ihm geben?« – »Nenn es Artus. Du wirst bald gewahr werden, welch ein großes Gut Du mit ihm erhältst, denn Du und Deine Frau, Ihr werdet diesen Knaben sehr lieben und ihn von Eurem eignen nicht zu unterscheiden wissen. Und hiermit Gott empfohlen.«

Sie schieden von einander; Anthor ließ das Kind taufen, ihm den Namen Artus geben, und nachher brachte er es seiner Frau, die es freundlich willkommen hieß, es küßte, an ihre Brust legte und mit ihrer Milch tränkte, während sie ihren eigenen Sohn einer fremden Frau, die sie vorher angenommen, zu nähren gab.

## XXX
## Vom Tode Uterpendragons, der Suche nach einem neuen König und von dem Schwert, das keiner aus dem Amboß zog

Nachdem Uterpendragon lange Zeit in Frieden sein Reich regiert, verfiel er in eine schwere Krankheit; er hatte nämlich Gicht in den Händen, so daß er sie nicht brauchen konnte. Die Heiden fielen wieder in sein Reich und verheerten es während seiner Krankheit; die Fürsten und Barone zogen zwar verschiedentlich gegen sie zu Felde, wurden aber immer geschlagen, die Heiden dagegen immer mächtiger im Land. Merlin kam zu Uterpendragon und sagte ihm, er würde mit seiner Hilfe die Feinde wieder vertreiben, nachmals aber nicht lange mehr leben; die Königin Yguerne war vorher schon gestorben. Merlin riet ihm daher, sobald er gesiegt habe, alle seine Schätze und Reichtümer unter die Armen zu verteilen; er solle noch bei Lebzeit so viel Gutes tun als möglich, weil er das Reich ohne Erben verlassen müsse. Der König fragte ihn nach dem Kind, welches er ihm gegeben. »Du hast«, antwortete dieser, »Dich nicht um ihn zu kümmern; doch darf ich Dir wohl sagen, daß er schön und groß und wohlerzogen ist.« Als Merlin darauf Abschied vom König nahm und ihn noch einmal erinnerte, daß er nicht mehr lange zu leben habe, fragte der König ihn weinend: »O weh, Merlin, soll ich Dich denn niemals wiedersehen?« – »Noch einmal sollst Du mich sehen«, antwortete Merlin, »aber nicht öfter.«

Uterpendragon versammelte sein Heer, ließ sich ihm in einer Sänfte vorwegtragen, und erteilte die Befehle zum Angriff mit solcher Klugheit und mit so großem Mut, daß er dadurch den Mut des Heeres und der übrigen Anführer hob, die Feinde schlug und sie völlig aus dem Lande vertrieb. Darauf kam er wieder nach London zurück und verteilte alle seine Schätze, alles was er besaß, zwischen den Armen und den Kirchen, so daß er sich jetzt mehr denn je die Liebe des ganzen Volkes erwarb; verfiel aber hernach wieder in seine Krankheit, so daß die Ärzte sein Leben aufgaben. Als er nun immer schlimmer dran war, und endlich die Sprache verlor, so daß er in drei Tagen kein einziges Wort gesprochen, kam Merlin wieder in London an. Die Herren des Hofes und das Volk, als sie ihn kommen sahen, gingen weinend ihm entgegen und riefen: »Unser König ist tot!« – » Er ist noch nicht tot«, antwortete Merlin; »führt mich zu ihm, Ihr sollt ihn noch einmal reden hören.«

Als man ihn nun in das Zimmer führte, wo der König krank auf seinem Bette lag, ließ Merlin alle Fenster öffnen und trat hinzu. Die Hofleute nahten sich dem König und sagten ihm: »Hier ist Merlin, den der König jederzeit geliebt.« Da wandte der König sich zu ihm, erkannte ihn alsbald, und man nahm an seinen Mienen wahr, wie er sich freute, ihn zu sehen. Merlin neigte sich und sagte ihm leise ins Ohr: »Wisse, Dein Sohn Artus wird König nach Dir, und wird die Tafelrunde, welche Du gestiftet, vollständig machen!« Darauf erhob der König seine Stimme: »Sage ihm, daß er für mich bete zu Jesu Christo, unsern Herrn.« Nun wandte Merlin sich zu den Herumstehenden und sagte: »Dieses waren die letzten Worte des Königs, niemand wird ihn weiter reden hören.«

Darauf ging Merlin fort, und die andern blieben in Erstaunen zurück, sowohl darüber, daß der König noch mit ihm geredet, als über die Worte, die er gesprochen, von denen sie den Sinn nicht fanden, denn sie hatten nicht gehört, was Merlin dem König ins Ohr geredet. Dieselbe Nacht starb Uterpendragon, und das Reich blieb ohne Nachfolger. Die Fürsten und Barone versammelten sich zwar, um einen König aus ihrer Mitte zu wählen, sie konnten sich aber nicht darüber einigen. Endlich beschlossen sie, Merlin als den weisesten aller Menschen um Rat zu fragen.

Merlin wurde in die Ratsversammlung geholt und ihm im Namen aller Fürsten die Frage vorgelegt, wen sie zum Könige an Uterpendragons Stelle erwählen sollten. Da stand Merlin auf und sprach: »Ich habe stets dieses Reich geliebt, wie auch seine Bewohner; wollt Ihr also meiner Meinung folgen, so laßt es auf den Ausspruch Gottes ankommen, wer König werden soll.«

Alle riefen einstimmig: »Sag, was wir tun sollen, wir glauben Dir und wollen alles, was Du für Recht hältst, tun.« – »Vierzehn Tage sind es«, fing Merlin an, »seitdem der König starb, es war am St. Martinstage; wartet noch bis zur Weihnachtsnacht, die nicht mehr weit ist. Unser

Erlöser, der König aller Könige, wurde an diesem Tag geboren. Ich bin Euch allen Bürge, daß, wenn Ihr diesen Tag in frommem Gebet zu unserm Herrn zubringt, er Euch ein Zeichen geben wird, nach welchem Ihr einen König erwählen dürft. Ihr alle, Fürsten und Volk, und Ihr Bischöfe und Geistliche, betet zu ihm, daß er Euch erleuchte, und Euch durch ein Zeichen seinen Willen kund tue und Euch denjenigen zeige, der würdig gefunden wird, dieses Reich zu regieren. Ich sage Euch in Wahrheit, wenn Ihr mit Inbrunst und mit wahrer Andacht zu ihm betet, wird das Zeichen Euch erscheinen, woran Ihr den König erkennen sollt, und so seid Ihr dann gewiß, nach dem Willen Gottes unsers Herrn erwählt zu haben.« Die ganze Versammlung war mit diesem Rat des Merlin wohl zufrieden, und es wurde einstimmig beschlossen, danach zu handeln. Merlin beurlaubte sich jetzt von den Fürsten. Als sie ihn baten, zum Weihnachtsfest wiederzukommen, um nachzusehen, ob alles so geschehe, wie er ihnen geraten, sagte er, er würde nicht eher wiederkommen, bis alles vollkommen eingetroffen; ging darauf fort aus dem Rat zu seinem Meister Blasius und erzählte ihm das Geschehene, wodurch auch wir es jetzt erfahren. Die Barone ihrerseits ließen alle Fürsten, Herren und Ritter des Landes zu Weihnachten nach London bescheiden, um sich im Gebet zu vereinigen und zu sehen, durch welches Wunder Gott einen unter ihnen zum König auserwählen würde. So geschah es, und es war nicht einer, der sich nicht zu Weihnachten in London einfand. Auch der brave Ritter Anthor kam nebst seinem Pflegesohn Artus, der ein Knabe von wunderbarer Schönheit und in allen Dingen sehr artig und wohlerzogen war; auch seinen eigenen Sohn brachte Anthor mit nach London; er war ein Jahr älter als Artus und am Allerheiligen-Tage Ritter geworden. Anthor liebte aber seinen eigenen Sohn nicht mehr als den Pflegesohn.

Am Vorabend vor dem Weihnachtsfest versammelten alle Fürsten und Ritter und vieles Volk sich in der Kirche, beteten und hörten die Messe um Mitternacht mit großer Andacht; als aber die Mitternachtsmesse vorüber war und noch kein Zeichen sich wollte sehen lassen, fingen viele an zu zweifeln und meinten, sie seien wohl rechte Toren, auf ein solches Zeichen zu warten. Darauf bestieg ein sehr gelehrter geistlicher Herr die Kanzel und hielt ihnen eine vortreffliche Predigt, worin er ihnen ihren Unglauben und Ungeduld verwies und sie ermahnte, ihren Eifer im Gebet nicht sinken zu lassen und auf Gott fest zu vertrauen; hielt ihnen auch ihre Pflicht vor, daß sie um die jetzige Stunde doch nicht allein aus dem Grund in der Kirche versammelt wären, um einen König aus ihrer Mitte zu erwählen, sondern auch um des Heils ihrer Seelen willen, und um den König aller Könige anzuflehen, der ihnen in dieser Nacht geboren. Die Predigt war so kräftig und vortrefflich, daß die Fürsten, davon bewegt, ihre Andacht erneuerten und in inbrünstigem Gebet die Frühmesse abwarteten. Als aber auch diese gehört worden und der helle Tag in die Kirche hineinzuscheinen begann, gingen viele von ihnen hinaus; und siehe da, auf dem Platz vor der Kirchentür erhoben sich drei breite Stufen von einem fremden sonderbaren Stein, einige sagten, es sei Marmor. Ein eiserner Amboß stand oben auf den Stufen, in diesem Amboß war ein Schwert befestigt, so daß es aufrecht auf dem Amboß stand.

Die, welche aus der Kirche gekommen waren, liefen erstaunt und erschreckt zurück und verkündigten das Wunder dem Erzbischof Brice, der eben Messe las. Als er fertig war, ging er hinaus und alles Volk und die Fürsten ihm nach; der Erzbischof stieg die Stufen hinauf, besah das Schwert und las die Schrift, welche auf beiden Seiten des Schwerts mit goldnen Buchstaben eingegraben war, dem Volke laut vor. Es stand darauf: »Derjenige unter Euch, welcher dieses Schwert aus dem Amboß zieht, soll König dieses Landes sein auf Ermahnung Jesu Christi.«

Alles Volk war erstaunt über dieses wunderbare Zeichen; der erhöhte Amboß und das Schwert wurde zehn tapfern verständigen Männern zur Wache übergeben; von denen waren fünfe weltlich, fünfe aber geistlich. Darauf verfügten sich alle wieder in die Kirche und stimmten dem Herrn Dankgebete an für dieses Zeichen, das er ihnen gnädig gesendet, und sangen feierlich ein Te Deum. Nachher fingen die Versuche mit dem Schwert an; erst kamen die Fürsten, die Barone, alle großen Herrn und Ritter, jeder versuchte das Schwert aus dem Amboß zu ziehen, keiner war es aber imstande. Der Erzbischof gab den zehn Männern, die das Schwert bewachten, den Befehl, jedweden heranzulassen, der den Versuch machen wollte, er sei von welchem Stande er wolle; sollte einer es herausziehen, so müßten sie aber wohl Acht geben, wer es sei, um ihn wiederzuerkennen. Während der acht Tage bis zum Neujahrstag versuchten es alle im ganzen Lande, denn sie kamen von weit und breit, um den Versuch zu machen; niemand aber konnte das Schwert aus dem Amboß ziehen, obgleich viele hundert der tapfersten Ritter es versuchten.

# XXXI

## Wie Artus versehentlich das Schwert ergriff, das Geheimnis seiner Herkunft erfuhr und etliche Male geprüft wurde, bis zur Krönung

Am Neujahrstag nach der Mahlzeit hielten die Fürsten und Barone schöne Ritterspiele und Rennen auf einem schönen Platze außerhalb der Stadt. Als dies die Ritter und die anderen Leute in der Stadt vernahmen, machte sich ein jeder bereit, auch hinauszugehen, um bei den Spielen zu sein. Als die Männer, die das Schwert bewachten, sahen, daß alles in der Stadt hinauslief, gingen sie mit, und ließen auf diese Weise das Schwert unbewacht. Der gute Ritter Anthor befand sich gerade vor der Stadt, als die Spiele begonnen, nebst seinem Sohn, der am Allerheiligen Tage Ritter geworden war und der Lreux genannt wurde; nebst Artus, seinem Pflegesohn, der so wie jeder glaubte, Lreux wirklicher Bruder zu sein, und ihn auch als seinen älteren Bruder liebte und ehrte. Als nun die Spiele angingen, befahl Lreux seinem Bruder Artus, eilends nach Hause zu laufen und ihm sein Schwert zu holen, das er dort hatte liegen lassen. Dienstbar und gefällig ritt Artus sogleich eilends hin, um den Befehl seines Bruders zu vollziehen; als er aber in dem Gasthof ankam, in dem sie wohnten, fand er alles verschlossen und niemand, der ihm öffnete, weil alle Hausleute gleichfalls hinausgegangen waren, den Spielen zuzusehen. Voll Verdruß, und vor Ärger weinend, ritt Artus schnell wieder zurück, und als er vor der Kirche über den Platz kam und sich allenthalben umsah, ob er nicht etwa jemand aus dem Hause gewahr würde, erblickte er den Amboß auf den Marmorstufen; er hatte nie von diesem Wunder etwas gehört und sah es jetzt zum ersten Mal. Voller Freude erblickte er das Schwert darauf, welches niemand bewachte, ritt darauf los, zog es mit so leichter Mühe, als wäre es gar nicht befestigt, aus dem Amboß und ritt so schnell, als sein Pferd nur laufen wollte, zu Lreux hinaus, gab ihm das Schwert, und erzählte ihm, warum er ihm nicht das seinige brächte, und wo er dieses hergenommen.

Lreux erkannte das Schwert sogleich, suchte eilends seinen Vater, den Ritter Anthor, zeigte es ihm und sagte: »Ich werde König, ich habe das Schwert herausgezogen.« Ritter Anthor war höchst verwundert, glaubte aber seinem Sohn nicht; »Du lügst«, rief er, »sogleich komm mit mir zum Amboß.« Er ritt mit ihm hin, Artus und die Diener begleiteten sie. Als sie auf den Platz kamen und der Ritter sah, wie das Schwert wirklich nicht mehr im Amboß steckte, wandte er sich zum Lreux: »Geliebter Sohn«, sagte er, »ich bitte Dich, sprich die Wahrheit, wie kommst Du zu diesem Schwert? Niemals könnte ich Dich als meinen Sohn lieben, wenn Du mich anlügen möchtest, und ich werde sehr wohl wissen, ob das, was Du sprichst, Wahrheit ist oder nicht.«

Lreux ward beschämt, als er seinen Vater so sprechen hörte, und sagte: »Mein Vater, ich lüge nicht, mein Bruder Artus hat dieses Schwert mir statt des meinigen gebracht, ich weiß aber nicht, wie er dazu gekommen.« – »Gib es mir«, sprach Anthor, »Du hast kein Recht darauf, sondern der, von dem Du es erhalten hast.« Lreux gab ihm das Schwert, und als Anthor sich umsah, erblickte er den Artus von ferne bei den Dienern und rief ihn her zu sich. »Lieber Sohn«, sagte er ihm, »nimm dieses Schwert, stecke es wieder dahin, woher Du es genommen«; dies tat Artus auch sogleich, und es war so fest im Amboß, als zuvor, so daß niemand es heraus zu ziehen vermochte außer Artus.

Darauf ging der Alte mit den beiden Söhnen in die Kirche; hier sagte er zu Lreux: »Ich wußte wohl, daß Du das Schwert nicht aus dem Amboß gezogen haben konntest«; Artus aber nahm er in seine Arme und sprach zu ihm: »Teurer, geliebter Herr, wenn ich Euch dazu verhülfe, daß Ihr König würdet, welche Gunst würdet Ihr mir erzeigen?« – »Wie könnte ich«, erwiderte Artus, »wohl dieses Gut oder irgend ein anderes erwerben, worüber Ihr nicht als mein Herr und Vater zu gebieten hättet?« – »Ich bin nur Euer Pflegevater; Euern Vater aber, der Euch erzeugt hat, den kenne ich nicht.« Als Artus dieses vernahm, war er vor Gram und Betrübnis fast außer sich, denn er hatte Anthor als seinen Vater geliebt und geehrt und es war ihm sehr schmerzhaft und äußerst traurig, keinen Vater zu haben. Ganz trostlos rief er: »O mein Gott, was soll mir dieses Gut oder jedes andere, da ich keinen Vater habe!« – »Ihr müßt allerdings einen Vater gehabt haben«, sagte Anthor, »jetzt aber, teurer Herr, sagt mir, welche Gunst Ihr mir zusichert, im Fall daß dieses große Gut Euch von dem Herrn bestimmt ist und ich Euch dazu verhelfe.« – »Ach alles, was Ihr wollt«, rief Artus weinend.

Nun erzählte Anthor ihm, was er alles für ihn getan, wie seine Frau ihren eigenen Sohn Fremden aufzuziehen gegeben, und wie sie ihn an Sohnes statt angenommen und ihn mit ihrer Milch getränkt, und wie er auf diese Weise ihm wie seiner Ehefrau und seinem Sohn Lreux die größte Dankbarkeit schuldig sei, denn nie wäre ein Kind mit mehr Liebe auferzogen, als er von ihnen allen. »Vater«, erwiderte Artus, »haltet mich als Euern Sohn forthin, bin ich gleich nicht Euer Kind, denn wie sollte ich wohl einen Schritt gehen, oder der Gnade, welche Gott vielleicht mir erweisen und zu welcher Ihr mir verhelfen wollt, wie sollte ich mich ihrer wohl würdig erweisen ohne Euern Rat und väterlichen Beistand; seid also gewiß, daß ich alles zu tun bereit bin, was Ihr mir befehlen werdet.« – »Nun so bitte ich Euch«, fing Anthor wieder an, »wenn Ihr König sein werdet, macht meinen Sohn Lreux zu Euerm Seneschall, und dergestalt, daß er sein Seneschallamt nie verlieren kann, so lange er lebt, sollte er auch sich eines Verbrechens gegen Eure Person oder gegen irgend einen andern in Euerm Reiche schuldig machen. Sollte er ein Verräter sein, oder übel reden, so bitte ich Euch, erduldet ein kleines von ihm; denn um Euch besser zu erziehen, gab die Mutter ihn in fremde Hände, so daß er dadurch ganz ausgeartet ist, also müßt Ihr Euch auch von ihm mehr als von irgend einem andern gefallen lassen; ich bitte Euch also, diese Bitte gewährt mir.« Als Artus ihm nun die Gewährung zusagte, nahm Anthor ihn bei der Hand und führte ihn zum Altar, vor das Bild der heiligen glorreichen Jungfrau Maria, und hier ließ er ihn auf die heiligen Reliquien schwören, daß er sein Versprechen gegen Lreux halten wolle. Nachdem gingen sie aus der Kirche, wo sie den Fürsten, Baronen und Rittern begegneten, welche von den Spielen zurück kamen und nun in die Vesper gehen wollten. Anthor rief diejenigen unter ihnen, welche seine Freunde waren, ging mit ihnen und seinen Söhnen zum Erzbischof und sagte: »Herr Erzbischof, mein Sohn hier, welcher noch nicht Ritter ist, verlangt den Versuch mit dem Schwert zu machen, und bittet Euch dazu um Erlaubnis.«

Der Erzbischof ging sogleich mit allen Anwesenden hinaus, sie stellten sich um die Stufen. »Mein Sohn«, sagte Anthor, »steig hinauf, nimm das Schwert und bring es dem Herrn Erzbischof.« Artus tat unverzüglich, wie sein Vater ihm befohlen, stieg mutig die Stufen hinauf, zog ohne alle Mühe das Schwert aus dem Amboß und händigte es dem Erzbischof ein; dieser umarmte den Knaben, und sang mit lauter Stimme Te Deum Laudamus. Die Fürsten und die Herren gingen mit Artus in die Kirche zurück. Voller Verdruß sagte einer zum andern: »Wie kann es sein, daß ein solcher Bursch unser König werde, und über uns herrsche?« Als der Erzbischof diese Reden hörte, geriet er in Zorn; er und Anthor waren auf Artus Seite; aber die Barone und auch das Volk waren gegen Artus.

Darauf sprach der Erzbischof das kühne Wort: »Und wäre die ganze Welt gegen diese Wahl, und Gott der Herr hat sie beschlossen, so wird er König! Geh' Artus«, fuhr er fort, »stecke das Schwert hin, wo Du es hergenommen.« Artus gehorchte, und das Schwert war so fest als vorher. »Jetzt geht«, fing der Erzbischof wieder an, »Ihr Fürsten, Herzoge, Ihr Reichen und Mächtigen, jetzt geht hin und seht, ob einer unter Euch ist, der es herauszieht.« Sie versuchten es alle noch einmal, einer nach dem andern; keiner vermochte es aber. »Ihr Thoren«, rief der Erzbischof, »wollt Ihr gegen den Willen Gottes streiten?« – »Das wollen wir nicht«, sagten die Fürsten, »sollte es uns aber nicht kränken und uns wehe tun, daß ein solcher Bursche über uns herrschen soll?« – »Der ihn erwählte«, sagte der Erzbischof, »der kennt ihn besser als Ihr ihn kennt.« – »Wir bitten Euch, Herr Erzbischof«, sagten die Fürsten, »laßt das Schwert noch stecken bis zur Lichtmeß, damit noch andere den Versuch machen.«

Dies wurde ihnen bewilligt, und nun kamen Fürsten, Herzöge, Edle und Ritter aus allen Landen, und von weit und breit, jeden Tag kamen neue, gingen zum Amboß, zogen aus allen Kräften das Schwert; aber keiner von ihnen konnte es herausziehen. Am Tag der Lichtmesse versammelten alle sich wieder; da stieg Artus auf Befehl des Erzbischofs die Stufen hinauf, zog das Schwert mit Leichtigkeit aus dem Amboß und überreichte es dem Erzbischof; dieser wie auch der ganze anwesende Clerus weinten vor Freude und Wehmut, als sie dieses Wunder sahen.

»Ist noch einer unter Euch«, rief der Erzbischof, »welcher an der göttlichen Wahl zweifelt?« –
»Dennoch erlaubt, Herr Erzbischof«, sagten die Fürsten, »daß es noch bis Ostern anstehe, und
kommt bis dahin niemand, der es vermag, so wollen wir diesem untertan sein.« – »Wollt Ihr«,
fragte der Erzbischof, »gern gehorsam sein, wenn ich noch bis zu Ostern warte?« – »Ja, Herr
Erzbischof, das wollen wir.« – »Nun so geht, Artus, steckt das Schwert wieder an seinen Ort;
so es Gott gefällt, wird es doch das Eure bleiben.« Artus gehorchte, das Schwert stak wieder
fest wie zuvor, und zehn Männer bewachten es.

Am Osterfest nach der Messe wurde Artus die Stufen hinaufgeführt, wo er wieder das
Schwert aus dem Amboß zog. Da erhoben die Fürsten sich und begrüßten ihn als ihren
Herrn; baten ihn aber, daß er noch einmal das Schwert auf den Amboß stecken und erst
etwas mit ihnen reden möchte. »Sehr gerne«, antwortete Artus höflich, »so wie alles was Euch
beliebt, das ich tue.« Sie gingen darauf alle zusammen in die Kirche, um mit Artus sich zu
unterreden und ihn auf die Probe zu stellen; denn der Erzbischof hatte den Fürsten vorher
viel Rühmens gemacht von der Verständigkeit und dem guten Anstand des Artus; jetzt also
wollten sie prüfen, ob sich dies so verhalte.

»Sire«, redeten sie ihn an, »wir sehen nun wohl, daß es Gottes Wille ist, daß Ihr über uns
herrschen sollt; was Gott will, daß muß geschehen; wir erkennen Euch also als unsern König
und Herrn und wollen jetzt von Euch unsre Lehen und Gaben empfangen; doch bitten wir
Euch gehorsamst, daß Ihr Eure Krönung noch bis zum Pfingstfest anstehen lasset, Ihr sollt
dessen ungeachtet unser König und Herr verbleiben. Hierüber sagt uns jetzt Eure Meinung,
ob Ihr es so zufrieden seid?« König Artus erwiderte auf der Stelle: »Daß ich Euch Gaben und
Lehen erteilen sollte, kann nicht eher geschehen, als bis ich erst das meinige erhalte, ich kann
niemand erteilen, was ich selber nicht besitze; so kann ich auch nicht eher Euer König genannt
und dafür gehalten werden, als bis ich zum König gesalbt und gekrönt worden bin und das Reich
mir überantwortet ist. Doch der Aufschub, den Ihr von mir verlangt, den gebe ich Euch gern;
denn ich bin weit entfernt, die Krönung oder das Reich zu verlangen noch ihm nachzutrachten,
wenn es nicht Gottes und Euer Wille ist.«

Die Fürsten waren mit seiner Antwort sehr wohl zufrieden, und alle, die zugegen waren,
sagten: »Dieser Knabe würde, wenn er am Leben bliebe, sehr verständig werden.« Dann wand-
ten die Fürsten sich wieder gegen Artus und sagten: »Sire, es dünkt uns gut, daß Ihr erst
am Pfingstfest mit der königlichen Krone gekrönt werdet; bis dahin aber wollen wir Euch auf
Befehl des Erzbischofs gehorchen.«

Nachdem dieses beschlossen und die Fürsten endlich den Entschluß gefaßt, Artus als ihren
König anzusehen, brachte ihm ein jeder reiche Geschenke; einige brachten kostbare Rüstungen, andre vortreffliche Rosse, noch andre goldne Halsketten und köstliche Edelsteine; und
so brachte ihm ein jeder, wonach, wie sie glaubten, Artus trachten würde. Artus nahm diese
Geschenke sehr ehrenvoll auf, und war ihnen sehr verbindlich dafür, teilte sie aber unter die,
welche ihm am nächsten waren, und die er in Ehren hielt, alle wieder aus. Einem jeden gab
er, was ihn nach Stand, Verdienst, nach seinem Amt und Gemüt am meisten vergnügen mußte.
Den Rittern schenkte er Pferde und Rüstungen; goldene und seidene Stoffe den Eitlen, welche
sich gern kostbar schmücken mochten; den Verliebten gab er Gold und Silber, die Geliebte
damit zu beschenken, und den Verständigen, was ihnen wohl gefallen mochte; so wie er den
Weisen, die aus fremden Ländern kamen, dasjenige verehrte, was in ihrem Lande am höchsten
geachtet war, auch war er viel in ihrer Gesellschaft, und hörte auf ihre Ermahnungen und ihren
Rat. So gab er alles wieder weg, was man ihm schenkte, und erwarb sich die Liebe aller derer,
die mit ihm umgingen. Auch sagten die Fürsten und Barone zueinander: »Er muß wahrlich
von hoher Abkunft sein, denn es ist keine Habsucht oder Begehrlichkeit in ihm.«

Da sie nun keinen Tadel an ihm finden konnten, wie vielfach sie ihn auch prüften, versammelten sich alle Fürsten, Große, Edle und Ritter aus ganz England in London, am Tage vor
dem Pfingstfest. Hier versuchte noch einmal ein jeder, das Schwert herauszuziehen, aber es
war umsonst. Der Erzbischof, welcher alles zur Krönung auf den folgenden Tag in Bereitschaft
gesetzt hatte, schlug auf Verlangen aller Fürsten den Artus zum Ritter, und er wachte die ganze

Nacht in der Kirche bei seinen Waffen. Am andern Morgen hielt der Erzbischof den Fürsten eine schöne Rede und fragte am Ende derselben, wenn noch jemand gegen diese Wahl und die Krönung des Königs etwas einzuwenden habe, der sage es nun. Alle aber riefen einstimmig, er solle gekrönt werden. Darauf knieten sie alle vor Artus nieder und baten ihn um Verzeihung, daß sie so gegen ihn gewesen im Anfang, und daß sie seine Krönung so oft aufgeschoben; auf ihren Knien fleheten sie ihn um Gnade. Artus kniete auch nieder gegen sie und rief: »Ich vergebe Euch, und so vergebe Euch Gott!« Da standen sie auf, nahmen Artus und trugen ihn auf ihren Armen dahin, wo die königlichen Kleider lagen, und bekleideten ihn damit.

Hierauf sprach der Erzbischof zu Artus, daß er nun hingehen müsse, das Schwert der Gerechtigkeit zu holen, womit er die Kirche und die Christenheit beschützen solle, sobald sie seiner bedürftig würde, denn unser Erlöser, als er die Gerechtigkeit auf Erden brachte, habe sie in ein Schwert gelegt. Darauf gingen sie alle, der Erzbischof, die ganze Geistlichkeit, Artus, die Fürsten, Herzoge, Barone und die edlen Ritter in einer Prozession zu dem Amboß mit dem Schwert.

Ehe aber Artus hinaufstieg, sagte der Erzbischof, er müsse vorher den Eid ablegen. »Alles, was Ihr befehlt«, erwiderte Artus. »So schwöre«, fing der Erzbischof wieder an, »bei Gott dem Allmächtigen Schöpfer, bei der Jungfrau Maria, bei dem heiligen Petrus und bei allen Heiligen, daß Du unserer heiligen Mutterkirche getreu, sie in allem aufrecht erhalten und ihr in Nöten beistehen, ihr beständig die ihr gebührende Ehrfurcht erzeigen und ihren Frieden erhalten wirst; daß Du Dein Volk beschützen und schirmen und gegen jeden verteidigen willst; daß Du, so lange Du lebst, jedem Einzelnen wie allen zusammen, Treue und Redlichkeit halten, niemand in seinem Recht beeinträchtigen und den Frieden und die Freiheit erhalten willst; auch daß Du nach Deiner Macht die Gerechtigkeit pflegen willst, so wie es einem jeden gebührt.«

Als der junge König diese feierliche Anrede vernahm, mußte er weinen, und alle Umstehenden weinten mit ihm; dann faßte er sich wieder und sagte mit gesetzter Stimme: »So wahr ich an Gott, den Herrn des Himmels und der Erde, und unser aller Vater glaube, so schwöre ich, daß ich nach meinen Kräften alles das tun werde, was Ihr mir vorgelegt.« – »Nun, so nimm das Schwert!« sagte der Erzbischof. Artus kniete nieder, ergriff das Schwert, zog es wie die vorigen Male mit großer Leichtigkeit heraus und trug es, gefolgt von allen, die mit ihm waren, zum großen Altar in die Kirche; hier legte er es hin. Nun wurde er gesalbt und ihm die Königskrone aufgesetzt, wobei man alle die üblichen Gebräuche beobachtete. Nun las der Erzbischof die Messe, und als sie aus der Kirche gingen, fanden sie weder die Stufen noch den Amboß mehr, worüber alle in das größte Erstaunen gerieten.

So ward Artus König in London, wo er sehr lange Zeit in Frieden lebte, bis sich nachmals die Fürsten gegen ihn empörten, wie man weiterhin lesen wird.

## XXXII

### Wie die Ritter König Artus drohten und er sich in einen Turm verschanzte, Merlin ihm den Weg zu Leodagan wies, zur schönen Genevra und dem Reich Thamelide

Die Geschichte sagt, daß nach langer Zeit König Artus einst Hof halten wollte. Er ließ die Fürsten und Barone des Landes zusammen berufen, die auch mit großer Begleitung ankamen. Zuerst kam König Loth von Orcanien, welche das Land Leonnois hatte, mit fünfhundert Rittern, alle in guter Rüstung und wohl beritten; dann kam König Urien vom Lande Gorre, ein junger, in den Waffen wohl geübter Ritter, begleitet von vierhundert Rittern von hohem Wert. Alsdann König Uter von Gallot, welcher eine Schwester des Königs Artus zur Gemahlin hatte, mit siebenhundert Rittern; dann König Lrarados von Brebas, ein sehr großer und starker Herr, er beherrschte Estrangegore, und war einer der Ritter von der Tafelrunde. Dann kam der schöne junge König Aguiseaulx von Schottland, mit fünfhundert Rittern; zuletzt König Idiers mit vierhundert jungen, tapfern und in den Waffen wohlgeübten Rittern.

König Artus war höchst erfreut, eine so vortreffliche und edle Ritterschaft bei sich in London versammelt zu sehen, und empfing sie allesamt mit vielen Ehrenbezeigungen und großer Festlichkeit. König Artus war unterdessen auch ein sehr schöner Herr und vortrefflicher Ritter geworden, so daß es eine Freude war, ihn anzuschauen, und er war mit seinen Gütern sehr freigebig. Er beschenkte jeden der Fürsten und jeden Ritter mit kostbaren Kleinodien und mit allerhand reichen Gaben, und mit so edlem freigebigem Anstand, wie einer, dem es an solchen Schätzen nicht fehlt, und der gewohnt ist, sie zu verschenken. Einige von den Fürsten nahmen die Geschenke mit Freude an und dachten sehr gut von ihrem König deswegen; andre aber waren voller Neid, und von dieser Zeit an trugen die größten und vornehmsten einen tödlichen Haß gegen den König im Herzen. »Ist es nicht eine Torheit«, sagten sie untereinander, »daß wir einem Burschen von so geringer Abkunft eine solche Macht und das beste Königreich gelassen haben, daß er solche Schätze sammeln und sie mit Stolz verschenken kann? Das wollen wir von nun an nicht länger zugeben.«

Sie schlugen also die Geschenke des Königs hoffärtig ab und schickten sie ihm zurück, ließen ihm auch dabei sagen, er solle wissen, daß sie ihn nicht länger als ihren König ansähen, er möge daher nur aufs eiligste sein Reich sowie das ganze Land verlassen und sich wohl hüten, sich je wieder dort sehen zu lassen, sonst würden sie ihn auf alle Weise ums Leben zu bringen suchen.

König Artus war sehr ergrimmt über diese Drohungen; da er sich aber nichts Gutes von ihnen versah, entfernte er sich in der Stille und verschloß sich in einen festen Turm, welcher in der Stadt London stand, wo er sich fünfzehn Tage lang verbarg, weil er die Verräterei der Fürsten schon kannte. Hierauf kam Merlin an, und zeigte sich öffentlich dem ganzen Volk. Als dieses den Merlin erkannte, war seine Freude so groß und die Freudensbezeigungen und der Tumult so laut um ihn her, daß man wohl den Donner nicht gehört hätte, so sehr lärmten sie. »Merlin ist gekommen! Merlin ist da!« So schrien sie auf allen Gassen einander zu. Auch die Fürsten gingen ihm entgegen, erzeigten ihm viel Ehre und führten ihn in den Palast, in einen Saal, dessen Fenster über die Stadt weg auf eine luftige grüne Wiese sahen; durch diese Wiese sah man einen schönen hellen Fluß fließen, den man sehr weit verfolgen konnte, bis er die Mauern der festen Burg Clarion umgab. Hier setzten die Fürsten sich mit Merlin nieder und zogen ihn zur Rechenschaft, fragten ihn, was ihn bedünke zu dem neuen König, welchen der Erzbischof Brice gekrönt habe, ohne ihre Erlaubnis und gegen ihren Willen, wie auch gegen den Willen des Volkes.

»Er hat wohl getan«, antwortete Merlin, »Ihr mögt wissen, daß er keinen andern hätte wählen können, der geschickter dazu wäre.« – »Wie das, Merlin? Erklärt Euch; denn uns dünkt, es sind viele unter uns, die sowohl der Tapferkeit als der Geburt nach diese Ehre mehr verdient hätten als ein solcher Bursche, von dem man nicht weiß, wer er ist?« – »Er ist von höherer Abkunft als einer von Euch«, sagte Merlin, »denn er ist weder Anthors Sohn noch Lreux Bruder!« – »Merlin, Ihr macht uns immer mehr und mehr verwirrt; wer ist er denn? was sollen wir denken?« –

»Sendet nach dem König Artus, daß er hier vor uns erscheine, und versprecht ihm Sicherheit; auch seinen Pflegevater Anthor lasset zugleich herkommen, und Ulsius, den Rat des Königs Uterpendragon, nebst den Erzbischöfen von Brice und von London, in deren Gegenwart sollt Ihr hören, wer Artus ist, und Eure Zweifel sollen gelöst werden.«

Es wurde sogleich einer aus ihrer Mitte abgesandt, der den König Artus im Namen Merlins und der versammelten Fürsten rufen mußte, so auch die Erzbischöfe, und die andern beiden. Als sie hörten, daß Merlin dabei war, wurden sie fröhlichen Mutes und begaben sich sogleich hin; Artus zog aber einen Panzer unter seinem Rock an, denn er traute den verräterischen Fürsten nimmer. Als sie nun in den Saal vor die versammelten Herren kamen, wo sich auch eine große Menge von Volk befand, um diese Sache zu hören, setzten sich alle, Merlin aber stand auf, und erzählte den ganzen Verlauf von der Geburt des Königs Artus mit allen Umständen und mit großer Deutlichkeit, worauf denn Ulsius und Anthor den Eid vor den Bischöfen ablegten, daß alles sich so zugetragen, wie Merlin es erzähle. »Ihr seht also«, sagte Merlin weiter, »daß König Uterpendragon, sein Vater, ihn nicht für seinen Sohn und Erben erklären wollte, aus große Gewissenhaftigkeit, weil er nämlich diesen seinen Sohn mir überliefert hatte, noch ehe er wußte, daß er ihn erzeugt, er wollte also seinen Schwur auf keine Weise brechen. Gott der Herr aber, der seine Frömmigkeit und die Tugend seiner Gemahlin Yguerne sah, beschloß, daß um der Eltern willen der Sohn dennoch zu seinem rechtmäßigen Erbe gelange, und sandte das Wunder mit dem Schwert, damit Ihr alle erkennen möget, wie Gott selber ihn erwählte, und daß er Euer König sein soll.«

Das ganze Volk weinte vor Freude, als es diese wunderbare Geschichte hörte, und daß Artus ein Sohn des sehr geliebten Königs Uterpendragon sei, und verfluchte im Herzen diejenigen, welche diese Zerstörung anfingen und nicht wollten, daß Artus König sein solle.

Die Fürsten aber erklärten laut, sie wollten keinen König, der nicht in rechtmäßiger Ehe erzeugt sei; stießen darauf sehr üble Reden aus, die ich gar nicht hersetzen will; unter anderm sagten sie, er sei ein Bastard, und einem Bastard hätten sie nicht nötig, den Frieden zu halten, oder ihn in einem Reich wie London herrschen zu lassen. Darauf gingen sie alle in großem Zorn und Grimm davon; die Erzbischöfe aber, der Klerus und alles Volk war auf Artus Seite. Die Ritter bewaffneten sich in ihren Gasthöfen; und ließen dem König Artus den Frieden aufsagen. Dieser begab sich wieder nach seinen festen Turm und setzte sich nebst so vielen Leuten, als er habhaft werden konnte, in Bereitschaft, sich zu verteidigen. Nachdem seine ganze Partei versammelt war, fand es sich, daß er wohl, den Klerus mitgezählt, an siebentausend Mann hatte. Ritter hatte er aber nur eine sehr geringe Anzahl, ungefähr dreihundert und fünfzig an der Zahl; der König gab ihnen Waffen und Pferde, und sie versprachen ihm treu bis in den Tod zu bleiben und ihm zu helfen.

Merlin ging zu den Fürsten, die sich fertig machten, den König anzugreifen, und machte ihnen Vorstellungen wegen ihres bösen Unternehmens. Die Fürsten aber spotteten über Merlin, nannten ihn Schwarzkünstler und hießen ihn schweigen. Merlin sagte, es würde sie dieses Betragen zeitig genug gereuen, ging von ihnen, und begab sich zum König Artus in sein festes Schloß.

»Sei nicht erschrocken, Sire«, sagte er, »Du darfst Deine Feinde nicht fürchten, denn ich will Dir helfen gegen sie; keiner unter ihnen ist so keck, daß er nicht, noch ehe es Nacht wird, wenn auch ganz nackt, bei sich zu Hause zu sein wünschen soll.« Artus bat ihn darauf in sehr sanften und demütigen Worten, daß er ihn nicht verlassen möchte, und daß er ihn so lieben möge, wie er seinen Vater Uterpendragon geliebt; er wolle, so wie dieser, ihm in allen Stücken gehorchen und seinen Willen pünktlich erfüllen. »Sei gutes Mutes, König Artus«, erwiderte Merlin, »Du darfst nichts fürchten; höre aber genau zu, was ich Dir hier sagen will. Sobald Du diese Barone Dir vom Halse geschafft haben wirst, was gar nicht lange dauern soll, so tue, wozu ich Dir hier raten will. Wie Du weißt, sind die Ritter von der runden Tafel, nach dem Tode Deines frommen Vaters, dessen Seele jetzt bei Gott ist, als sie sahen, welcher Betrug und welche Falschheit hier im Lande entstand, von hier fortgezogen und haben die Tafel verlassen. Nun mußt Du wissen, es regiert ein König, Namens Leodagan, in Thamelide, seine Gemahlin ist tot, er ist schon bei Jahren und hat nur eine einzige Tochter, Genevra genannt, die einzige Erbin seines Reiches ist. Dieser König Leodagan ist in einem schweren Krieg begriffen gegen Rion, König des Riesen- und des Hirtenlandes, das niemand bewohnen kann, denn es gehen so wunderbare und seltsame Dinge dort vor, daß kein Mensch weder des Tags noch des Nachts Ruhe findet. König Rion ist sehr mächtig, an Land und an kühnen, tapfern Leuten; dabei ist er ein sehr grausamer Mann. Er hat wohl schon an zwanzig gekrönte Könige bezwungen und ihnen grausamer Weise die Bärte abgeschnitten, aus denen er sich einen Mantel verfertigen ließ; diesen Mantel muß einer seiner Ritter ihm stets vortragen bei seiner Hofhaltung; da nun an diesem Mantel noch etwas fehlt, so hat er geschworen, nicht eher zu ruhen, bis er dreißig Könige besiegt und mit ihren Bärten seinen Mantel vollendet hätte. Jetzt macht er dem König Leodagan den Krieg und hat seinem Land schon unendlich viel Schaden zugefügt.

Du mußt aber wissen, wenn er erst sein Land erobert hat, verlierst Du auch das Deinige gegen ihn; und würde König Leodagan nicht von den Rittern der Tafelrunde unterstützt, die sich alle bei ihm versammelt haben, so hätte er schon jetzt sein Königreich verloren, denn er ist schon alt. Zu diesem König Leodagan ziehe also und diene ihm eine Zeitlang; er wird Dir seine Tochter Genevra zur Gemahlin geben, und Du wirst Erbe seines Reiches werden. Seine Tochter ist eine junge, sehr schöne Dame und dabei eine der verständigsten in der Welt. Trage keine Sorge um Dein Land, es wird ihm nichts geschehen, denn die Barone, welche jetzt mit Dir Krieg führen wollen, werden so viel zu tun haben, daß sie nicht daran denken können, Dein Land zu bekriegen, außer daß sie Dich angreifen werden im Vorbeigehen, wenn Du auf dem Wege nach dem Festland sein wirst; doch sollen sie auch da keinen Vorteil finden. Ehe Du aber ziehst, versorge Deine Hauptstädte und die festen Burgen mit Nahrungsmitteln, mit Kriegsleuten und allem, was zur Gegenwehr notwendig ist. Und dem Erzbischof von Brice trage auf, daß er alle die excommuniziere, die dem Lande auf irgend eine Weise schaden oder als Feinde begegnen, und daß er gleich diesen Abend anfange, die Fürsten und Barone mit dieser Excommunication zu belegen, und so muß es die Geistlichkeit in jeder Stadt und an jedem Ort, alle Tage wiederholen. Du sollst sehen, daß auch die frechsten Deiner Feinde davon erschreckt und vom Kriege abgeschreckt sein werden. Auch will ich zu jeder Zeit und bei allen Gelegenheiten Dir zu Hilfe sein und Dich niemals verlassen, wo Du Dich auch aufhalten magst.«

König Artus dankte dem Merlin sehr, nachdem er aufmerksam alle Worte vernommen. Hierauf überreichte Merlin ihm eine Fahne von großer Bedeutung; es war ein eherner Drache darin, der helles Feuer auszuspeien schien; sein Schwanz, gleichfalls von Erz, war ungeheuer lang und dick und wand sich in vielen Krümmungen. Kein Mensch wußte, wo Merlin diese Fahne herbekommen. Artus nahm den Drachen an und überreichte ihn dem Lreux, seinem Seneschall, daß er ihn ihm selber vorantrage, mit dem Bedeuten, daß er auf Lebenszeit Fahnenträger im Königreiche London sei.

Lreux war ein tapfrer Ritter und von allen wohl geehrt, hielt sich auch bei allen Fehden und in den Schlachten mutig und tapfer, nur daß er den Fehler hatte, sehr verdrießlich und langweilig zu sprechen; und wegen dieses Fehlers flohen alle Ritter seine Gesellschaft und verspotteten ihn. Wer ihn kannte, der ließ sich seine törichten Reden nicht verdrießen, weil er im Herzen eigentlich niemand übel wollte oder zu schaden suchte, aber er sprach bloß aus Gewohnheit töricht; so daß, wenn er zu reden anfing, er nicht recht wußte, was er eigentlich sagen wollte, sondern so allerlei sprach, bis irgend ein verkehrtes Wort ihm entfiel, man über ihn lachte, und ihn stehen ließ. Diesen seltsamen Fehler ausgenommen, war er von den besten Sitten; er hatte ihn sicher nicht von seiner Mutter, der artigsten und verständigsten Frau von der Welt, sondern von der Amme, welcher er überlassen war, um Artus desto besser zu erziehen. Da von hier an Merlin nicht weiter bedeutend vorkommt, als daß er dem Artus beständig in allen Schlachten zum Siege verhilft, übergehen wir hier den größten Teil des Originals um so mehr, da dies alles in dem Roman vom König Artus, den wir in der Folge zu geben gedenken, besser und ausführlicher stattfindet.

# XXXIII
## Über den Wald von Briogne, den Ritter Dionas und seine Tochter Nynianne, die von Merlin allerhand Künste lernte

In einem Tal, von Bergen rings umschlossen, bei dem Wald von Briogne, lag ein schönes, mit großer Pracht erbautes Haus; dieses Haus bewohnte eine Jungfrau von hoher Schönheit; sie war die Tochter eines vornehmen Herrn, eines Afterlehnsmanns von sehr hoher Abkunft, er hieß Dionas. Diesen Namen erhielt er von der Syrene von Sizilien, Diana, die seine Patin war, und so wurde er Dionas genannt wegen ihres Namens Diana. Ehe sie sich von ihrem Patenkind trennte, begabte sie ihn mit vielen Gütern und Reichtümern und mit vielen glücklichen Gaben, denn sie war die Göttin des Meeres und war sehr mächtig, hielt auch dem Dionas Zeit seines Lebens alles, was sie ihm versprochen. Auf ihr Verlangen ward von den Göttern über ihn beschlossen, daß sein erstes Kind, eine Tochter, mit aller Anmut und Schönheit begabt sein und von dem zu ihrer Zeit weisesten aller Menschen geliebt werden solle; er werde zur Zeit des Vortigern, Königs von Nieder-Bretagne, leben und die Liebe dieses Mannes zu ihr sei ewig, und erreiche nie ein Ende; wo er sich auch befinden mag, solle das Andenken an diese Jungfrau ihn immerfort begleiten. Er solle ihr auch die Kunst der Zauberei lernen und viele andere geheime Wissenschaften, denn nie könne er ihr irgend eine Bitte oder Begehren versagen: was sie von ihm verlange, das werde er tun.

Als Dionas nun aufwuchs und von wunderbarer Schönheit war, auch ein tapfrer und in den Waffen wohlgeübter Ritter, ging er in Dienst der Frau Herzogin von Burgund. Diese war so sehr mit seinem Betragen zufrieden und ehrte ihn so hoch um seiner Taten und seiner adligen Sitten willen, daß sie ihm eine ihrer Nichten zur Gemahlin gab; ein junges, sehr schönes und sehr wohlerzogenes Fräulein. Er bekam auch nebst vielen schönen und reichen Gütern mit diesem Fräulein die Hälfte des Waldes von Briogne, vom Herzog von Burgund. Die andre Hälfte des Waldes gehörte dem König Ban von Benoic, welcher nachmals neben König Beors, den König Artus auf seinem Zug zum König Leodagan begleitete, und ihm in allen Schlachten und Kriegen beistand. Unter allen Ländern und Besitzungen gefiel dem Dionas dieser Wald von Briogne am allermeisten, denn er liebte über die Maßen die Jagd und das Vergnügen im Walde, so wie auch das Fischen und die Ergötzlichkeit auf dem Wasser. Nun war in dem Wald ein Überfluß von allerhand Wild, Rehen, Hirschen und Hasen, auch an wilden Schweinen war kein Mangel; desgleichen lag ein großer See in diesem Wald, worin sich eine Menge der schönsten Fische befanden. An diesem See, so recht mitten im Wald, ließ Dionas sich nun ein sehr schönes, reiches und bequemes Haus erbauen und wohnte darin mit seiner schönen Gemahlin aufs höchste vergnügt und von allen seinen Lieblingsergötzlichkeiten umgeben. Doch begab er sich auch oftmals an den Hof des Königs Ban und war beständig bereit, ihm zu dienen nebst zehn gewaffneten Rittern, die ehrenvoll in seinem Gefolge waren. König Ban wie auch König Beors hielten den Dionas sehr hoch und ehrten ihn, um seiner Tapferkeit und seines ritterlichen Betragens willen, auch weil er ihnen schon manchen guten Dienst geleistet und ihnen in ihrer Fehde gegen den König Klaudas wie auch in andern Fehden sehr tapfer beigestanden. Um ihm ihre Erkenntlichkeit zu beweisen, schenkte König Ban ihm die andre Hälfte des geliebten Waldes; auch König Beors gab ihm reiche Geschenke an Ländereien, guten Städten, festen Schlössern und Dörfern; beschenkten ihn überhaupt und liebten ihn dermaßen, daß er einer der mächtigsten im Reiche wurde, und es ihm, so lange er lebte, an nichts mangelte, was ein Mensch zu seinem Vergnügen und zu seiner Ergötzlichkeit sich nur wünschen mag.

Seine Gemahlin kam mit einer Tochter nieder, die den Namen Nynianne in der Taufe erhielt. Dies ist ein chaldäischer Name, der in unsrer Sprache so viel bedeutet wie: das tu' ich nicht. Die Bedeutung dieses Namens ging auf Merlin, so wie man im Verfolg dieser Geschichte erfahren wird; denn sie war so klug und verständig, daß sie sich wohl vor Betrug zu hüten wußte.

Nynianne war zweiundzwanzig Jahre alt, als Merlin durch den Wald Briogne kam, er hatte auf diesem Weg die Gestalt eines jungen schönen Edelknechts. Als er nun durch den Wald ging, kam er an eine sehr schöne Quelle, die so klar über den feinen weißen Sand hinrieselte, daß es schien, der Grund sei vom feinsten Silber. Jeden Tag kam Nynianne an diese schöne klare Quelle, zu ihrem Ergötzen und angenehmen Zeitvertreib. Merlin fand sie am Rande der Quelle sitzend, und sie dünkte ihm von solch göttlichen Schönheit, daß er ganz betroffen stehen blieb und nicht weiter konnte; er sah sie unverwandt an, und es war ihm immer, als hätte er ihr etwas zu sagen. Er dachte zwar bei sich selber, er dürfe nicht um der Schönheit einer Frau willen von Sinnen kommen und kein Vergnügen dieser Art begehren, auch kein Verlangen nach dem Leibe eines Weibes tragen, um nicht den Zorn Gottes auf sich zu laden; er sagte sich dies alles zwar selbst, doch konnte er es nicht lassen, sie höflich zu begrüßen. Die Dame grüßte ihn wieder auf eine wohlgesittete feine Weise und sagte: »Ihr habt Euch lang auf etwas bedacht, das ich zwar nicht kenne, Gott aber möge Euch den Willen verleihen, alles zu Eurem Besten zu tun.« Als nun Merlin sie so freundlich sprechen hörte, konnte er nicht anders, er mußte sich zu ihr an den Rand der Quelle setzen und sie nach ihrem Namen fragen. »Ich bin die Tochter eines Edelmannes hier in der Nähe«, sagte sie; »aber wer seid Ihr?« – »Ich bin ein fahrender Edelknecht«, antwortete Merlin, »ich suche meinen Meister, der mich eine sehr schätzenswerte Kunst lehrte.« – »Welch eine Kunst ist dies?« fragte die Jungfrau. »Ach, er lehrte mich, wo es mir gefiele, sogleich ein Schloß sich erheben zu lassen, mit vielen Gewaffneten darin, und solche von außen, die es belagern. Auch kann ich auf dem Wasser gehen, ohne mir die Sohlen zu benetzen; kann einen Fluß entstehen lassen, an einem Ort, wo niemals einer war.« – »Nun sicher«, sagte die Jungfrau, »ich wollte wohl viel von dem meinigen dafür geben, um einen Teil dieser Spiele zu verstehen.« – »Noch mehrere, weit schönere weiß ich, sehr ergötzend für jeden edeln Menschen. So würdet Ihr Euch niemand erdenken, dessen Gestalt ich nicht sogleich annehmen könnte.« – »Ich bitte Euch, Herr, wofern es Euch nicht mißfällt, mich einige dieser Spiele sehen zu lassen, dafür will ich, so lange ich lebe, Eure Freundin und Vertraute sein, in allen Züchten und Ehren und ohne böse Gedanken.« – »Ihr seid«, erwiderte Merlin, »so sanft und von so gutem Herzen, daß ich, um Eure Liebe zu gewinnen, gern Euch einen Teil der schönen Spiele lehren will, doch müßt Ihr mir Eure Liebe schenken, denn andern Lohn verlange ich nicht.« – »Doch in allen Ehren«, sagte die Jungfrau, »und denkt nichts Böses dabei, und nichts was mir zu Schaden gereiche.« Da stand Merlin auf, entfernte sich ungefähr einen Bogenschuß weit von ihr, brach eine Rute ab, und machte damit einen Kreis um sich her. Dann ging er wieder hin und setzte sich neben der Jungfrau nieder.

Nach einer kleinen Weile erblickte sie von ungefähr nach dem Ort hin, wo er den Kreis gezogen, und siehe da, es kamen Damen, Ritter, Fräulein und Edelknechte daherspaziert, hielten sich bei den Händen angefaßt und sangen mit so lieblicher Stimme und so herrliche Weisen, als man niemals vorher dergleichen gehört. Vor ihnen her gingen auch Spielleute mit verschiedenen Instrumenten, diese machten eine so herrliche Musik zusammen mit dem Gesang, daß man die Harmonie der Engel im Himmel zu hören glaubte. In dem Kreis, welchen Merlin gezogen, standen sie still, und nun fingen einige an mit lieblichen Gebärden und mit gar anmutigen Bewegungen zu tanzen, während die andern die herrliche Musik fortsetzten.

Keines Mannes und keiner Frauen Herz war wohl jemals so wach, daß es nicht bei Anhörung dieser wundersüßen Musik eingeschlummert wäre. Auch darf man nicht fragen, ob sie so schön anzuschauen gewesen wie lieblich zu hören; sie waren alle von selten schöner Gestalt und blühendem Angesicht, und waren alle mit prächtigen Kleidern und köstlichem Geschmeide, von Perlen, Edelsteinen, Gold und Silber, so reich und auf eine so neue seltsame Weise geschmückt, daß die Augen davon geblendet wurden, wenn man sie ansah. Kein Mund kann nur den vierten Teil ihrer herrlichen Gestalt, und der wundersüßen Musik und von dem Tanze erzählen; man konnte nicht müde werden, ihnen zuzuschauen und zu hören.

Der Ort, an dem Merlin den Kreis gezogen, war ohne Schatten und ein bloßes Stück Land, als nun die Sonne höher heraufkam, entstand über den Sängern und um ihnen her ein dick belaubtes Gebüsch, und unter ihren Füßen entsprossen so viele Blumen und wohlriechende Kräuter, daß die Luft weit umher davon durchwürzt ward. Nynianne wurde nicht müde, der Musik zuzuhören, und vergaß Essen und Trinken dabei, doch konnte sie nicht verstehen, was sie sangen, obgleich sie sehr aufmerksam zuhorchte, nur den Refrain verstand sie, der hieß: »Liebes Anfang süße Freuden, endet doch in bitteres Leiden.«

Der Gesang war so laut, daß man ihn in Dionas Hause vernahm, worauf sich denn alles Volk da versammelte und nicht wenig verwundert war, diese schöne Gesellschaft und das lieblich duftende Gebüsch, den Tanz und die Musik dort zu sehen, wo vorhin niemals dergleichen war gesehen worden. Als sie nun müde waren, setzten sie sich alle zusammen in das frische grüne Gras, pflückten süß duftende Blumen, machten Kränze und Sträuße, und scherzten mit lieblichen Gebärden und Lächeln, so daß es eine Wonne war, ihnen zuzuschauen.

Merlin nahm Nynianne bei der Hand. »Was dünkt Euch hierzu?« fing er an. »Gewiß, Ihr habt so viel getan, daß ich ganz die Eurige bin«, sagte sie. »Nun, schöne Dame, so müßt Ihr auch den Vertrag halten.« – »Wahrlich, das will ich gern, nur müßt Ihr mich Eure Spiele machen lehren.« – »Ich bin es zufrieden, ich will sie Euch lehren, damit Ihr noch etwas anders wisset, als lesen und schreiben.« »Wie? Ihr wißt, daß ich lesen und schreiben kann?« – »Ja, schöne Dame, denn mein Meister lehrte mich, alle geschehenen Dinge zu wissen.« – »Dies ist in Wahrheit denn noch das schönste von allen Euern Spielen, und ich möchte das wohl verstehen. Aber wißt Ihr denn auch die Dinge, die zukünftig geschehen sollen?« – »Jawohl, meine Herrin und geliebte Freundin, größtenteils weiß ich diese, Gott sei Dank.« – »Nun, warum wollt Ihr noch weiter etwas lernen, mit diesen hohen Wissenschaft dünkt mich, könnte Euch wohl genügen, und Ihr braucht nicht weiter zu forschen.«

Während Merlin und die Jungfrau sich so in sanften, zärtlichen Gesprächen vergnügt unterhielten, begaben die Sänger und Tänzer samt den schönen Sängerinnen und Tänzerinnen sich in den Wald, woher man sie zuerst hatte kommen sehen, verschwanden eins nach dem andern und zerflossen in Luft gegen den Wald hin, so daß man nicht wußte, wo sie hinkamen. Der schöne Busch aber und die lieblichen Blumen auf den frischen Rasen blieben stehen, weil das Fräulein den Merlin gar sehr darum bat, daß es möchte stehen bleiben, und sie nannte den Ort: Wonne und Trost.

Als sie sich recht lange unterhalten, sagte Merlin: »Schöne Jungfrau, ich muß nun fort, meine Gegenwart ist anderswo notwendig.« – »Wie? Wollt Ihr mich denn nicht vorher Eure Spiele lehren?« – »Eilet damit nicht so sehr, Fräulein, nur zu bald werdet Ihr sie lernen. Aber ich muß fort, und Ihr habt mir noch keinen Beweis Eurer Liebe gegeben.« – »Welchen Beweis soll ich Euch geben? Sagt, was Ihr verlangt, und ich will es tun.« – »Nun so gelobet mir Eure Liebe und Eure Person, daß Ihr mein eigen seid.« Die Jungfrau bedachte sich eine Weile, dann sagte sie: »Nun wohl, ich vertraue Euch und bin ganz die Eurige, und meine Liebe ist ganz für Euch, doch mit der Bedingung, daß Ihr mich sogleich einige der Künste lehrt.«

Nachdem nun Merlin ihre Treue, ihre Liebe und sie selber erhalten und sie sich ihm gelobt und ganz hingegeben hatte, lehrte er sie allerhand Künste zu ihrer Ergötzlichkeit, die sie nachmals auch sehr ausübte, so wie die Kunst, einen Fluß hervorkommen und ihn dann nach Belieben wieder verschwinden zu lassen, und andere schöne Künste mehr, die sie sehr sauber auf Pergament aufschrieb und aufbewahrte. Dann nahm Merlin von Nynianne sehr zärtlichen Abschied. »Wann werde ich Euch wiedersehen?« fragte sie ihn. Merlin versprach, am Vorabend des Johannistags bei ihr zu sein. Darauf ging er fort, und wandte sich nach Tharoaise in Thamelide, wo König Artus und die Könige Ban und Beors ihn erwarteten und freudig empfingen.

Hier hört die Geschichte auf von Merlin zu sprechen. Beschreibungen der Kriege und einzelnen Fehden zwischen Artus und seinen Feinden füllen den Rest des ersten Buchs wie auch das ganze zweite des Romans von Merlin; lauter Begebenheiten, worin er selbst wieder nur erscheint, um dem Artus durch seinen Rat, seine Tapferkeit oder auch durch Zauberei zum Sieg zu verhelfen.

Am Vorabend des Johannistages begab er sich zu seiner Freundin, die voller Freude war, ihn wiederzusehen, denn noch wußte sie nicht so viel von seinen Künsten, als sie wohl gern gewußt hätte. Sie bezeigte ihm ihre Freude und Liebe auf alle Weise; aß und trank mit ihm und schlief mit ihm in einem Bett; doch hatte sie schon so viel von der Zauberei gelernt, daß, wenn er sich nicht länger zurückhielt und sie zu seinem Willen zu bewegen versuchte oder sie umarmen wollte, sie schnell ein Kissen in ihre Gestalt verwandelte, daß er alsdenn in seine Arme nahm und so einschlief.

Auch tut die Geschichte nicht genau Meldung, daß er je einer Frau beigewohnt; und doch hatte er zu einer Frau solche Liebe getragen und sich ihr so überlassen, daß er als ein Tor zuletzt ganz in ihrer Macht war. Er blieb lange Zeit bei seiner Freundin, sie hielt seine Sinne beständig in Schranken, unterließ aber keinen Augenblick, nach allen seinen Künsten und nach seiner Weisheit zu forschen; er konnte ihr nichts versagen, lehrte sie alles, was er wußte, und sie schrieb sich jedes Wort, welches er ihr sagte, sorgfältig auf, so daß sie bald alles in ihrer Gewalt hatte. Dann nahm Merlin wieder von ihr, so wie sie von ihm, zärtlich Abschied, ging fort zu seinem Meister Blasius, versprach ihr aber vorher, über ein Jahr an demselben Tage wieder bei ihr zu sein.

## XXXIV
## Über Artus' und Merlins letzte Begegnung, die Chronik des Blasius und wie der Zauberer seine geliebte Nynianne alles lehrte, bis er selbst verzaubert wurde

König Artus war zu London, mit seiner Gemahlin, der Königin Genevra, seinem Neffen Herrn Gavin, Merlin und den Rittern der runden Tafel. Sie brachten hier ihre Zeit auf eine so angenehme Weise zu, daß sie wohl inne wurden, wie ihnen nichts fehle. Weder Argwohn noch Feindschaft war zwischen ihnen, nichts als Feste, Spiele, Ergötzlichkeiten und freundliche Gespräche wechselten unter ihnen ab, bald im schönen kühlen Wald oder auf dem Fluß. Auch kamen von weit und breit Ritter und Herren an den Hof des Königs Artus, auch Damen und Jungfrauen die Menge, zu ihrer Ergötzlichkeit und um die Pracht des Hofes zu sehen, als auch die Damen, um sich Hilfe zu verschaffen gegen erlittenes Unrecht, denn König Artus erlaubte jedesmal einem Ritter seines Hofes, sich der Fremden anzunehmen, wenn ihre Sache gerecht war, und sie um Hilfe bat; wie auch die fremden Ritter oft zu Turnieren und einzelnen Lanzenbrechen die Ritter des Königs Artus aufforderten und ihre Waffen gegen sie erprobten. So lebten sie in hohen Freuden, die Tafelrunde und der Hof des Königs Artus war berühmt und allenthalben in der ganzen Welt sehr geehrt.

Unterdessen kam aber die Zeit heran, in der Merlin, seinem Versprechen gemäß, bei seiner Freundin Nynianne sein mußte; vorher aber wollte er erst zum Meister Blasius nach Northumberland ziehen. Er ging dafür zum König Artus und zur Königin Genevra und beurlaubte sich von ihnen; sie baten ihn in gar sanften und demütigen Worten, daß er doch bald wieder kommen solle, denn beide liebten ihn so sehr, daß sie nicht gern ohne seine Gegenwart waren. Der König sagte mit gerührter Stimme: »Ihr geht nun, Merlin, ich kann Euch nicht halten, auch will ich nichts, als was Ihr selber wollt; aber ich werde nicht vergnügt sein, bis ich Euch wiedersehe; darum eilt, ich bitte Euch um Gottes Willen, eilt, daß Ihr wieder herkommt.« – »Mein König«, sprach Merlin, »Ihr seht mich jetzt zum letzten Mal.« Bei diesem Wort erschrak Artus so sehr, daß er kein Wort hervorbringen konnte. Merlin ging weinend fort und rief noch: »Lebt wohl, mein König, seid Gott empfohlen.«

Weinend verließ er die Stadt London und wanderte zu seinem Meister Blasius nach Northumberland. Diesen ließ er alles aufschreiben, was an dem Hofe des Königs Artus geschehen, und alle Kriege und Gefechte, welche dieser gehabt, so wie alle seine Taten. Durch das Buch des Meisters Blasius wissen wir noch bis auf den heutigen Tag die Wahrheit aller jener Geschichten. Acht Tage blieb Merlin bei Blasius und lebte mit ihm wie ein Einsiedler, aß und trank auch nichts anders als dieser. Als er wegging, sagte Meister Blasius: »Ich bitte Dich, komm bald wieder, denn ich weiß nicht, welche Angst mich befällt, da Du gehen willst, noch was mein Herz so zaghaft macht, wenn ich Dich ansehe.« – »Auch ist es zum letzten Mal«, sprach Merlin, »daß Du mich siehst, denn fortan werde ich bei meiner Freundin wohnen und Du siehst mich nie wieder, weil ich weder die Macht noch die Kraft haben werde, von ihr zu gehen, noch zu bleiben oder zu kommen nach andrer als ihrer Willkür.«

Meister Blasius erschrak, und ihm ward weh bei diesen Worten: »O mein süßer Freund«, rief er traurig weinend, »wenn es dann so ist, daß Du nicht fortkönnen wirst, wie Du es so gut vorher weißt, warum gehst Du hin?« – »Gehen muß ich«, erwiderte Merlin, »denn ich habe es ihr versprochen, und hätte ich das auch nicht, ich liebe sie dermaßen, daß ich nicht von ihr bleiben kann oder mag; es war so vorherbestimmt, darum kann ich es nicht ändern. Viel hat sie von mir erlernt, noch mehr werde ich sie lehren, zu meinem Unglück; aber so muß es sein, drum lebe wohl, Du siehst mich nimmer wieder.«

Er ging und langte in kurzer Zeit bei seiner Freundin Nynianne an. Ihre Freude war groß, als sie ihn sah, denn immer noch ruhte ihr Geist nicht, verlangend mehr von ihm zu wissen und ihm ganz gleich zu werden. Er sagte und lehrte ihr auch alles ohne Widerstand, was immer sie fragte; darüber ward er von jeher, so wie auch noch zu unsrer Zeit geschieht, für einen Toren gehalten, da er doch gezwungen war, so zu handeln.

Nynianne war jedesmal, wenn er sie etwas gelehrt, wonach sie gefragt, immer so vergnügt und bezeigte ihm jedesmal eine solch herzliche Liebe, daß er ganz und gar und immer mehr von ihr entzückt und eingenommen wurde. Nachdem sie so nach und nach mehr erfahren, und weiser war, als je eine Frau vor ihr oder nach ihr gewesen, fürchtete sie immer noch, Merlin könnte sie verlassen wollen, und was sie auch ausdenken mochte, ihn zu halten, dünkte es sie doch nicht sicher genug. Über solche Gedanken verfiel sie in große Traurigkeit, und als Merlin sie nach der Ursache fragte, sagte sie: »O mein süßer Freund, noch eine Wissenschaft fehlt mir, die ich doch so gern erlernen möchte; erhöre meine Bitte und lehre sie mich.« – »Und welche Wissenschaft ist dies?« fragte Merlin, der aber schon sehr wohl wußte, was sie dachte. »Lehre mich, wie ich einen Mann fessle, ohne Ketten, ohne Turm und ohne Mauer, bloß durch die Kraft des Zaubers, so daß er niemals entweichen kann, wenn nicht ich ihn entlasse.«

Als Merlin dies hörte, seufzte er tief und ließ sein Haupt sinken. »Warum erschrickst Du, mein Freund?« fragte Nynianne. »Ich weiß«, antwortete Merlin, »daß Du mich so zu halten willens bist, und doch kann ich nicht widerstehen, es Dich zu lehren, so ganz bin ich von Deiner Liebe hingenommen!« Nynianne warf sich ihm in die Arme, küßte ihn zärtlich und sprach liebevoll an ihn gelehnt: »Willst Du Dich denn nicht mir ganz hingeben, da ich so ganz doch Dein bin? verließ ich nicht Vater und Mutter, um der Liebe willen, so daß ich nicht Ruhe fand, wo ich nicht bei Dir war? Ich lebe ja nur für Dich, und meine Gedanken, all mein Verlangen, meine ganze Seele lebt nur in Dir; keine Freude, kein Gut und keine Hoffnung blieb mir auf Erden, als in Dir nur allein; Du bist mir alles! und da ich Dich nun so liebe, und Du mich ebenso, ist es nicht recht und billig, daß Du meine Wünsche erfüllst, wie ich nach Deinem Willen lebe?« – »Jawohl, süße Geliebte«, sagte Merlin, »ich will alles für Dich tun, was Du wünschst; nun sage, was verlangst Du?« – »Nun«, sprach sie, »ich wünsche, daß wir uns einen bezauberten Wohnort errichteten, der nie zerstört werden kann, worin wir beide allein, ungestört von der ganzen Welt zusammen leben und unsrer froh werden.«

»Dies soll geschehen«, sprach Merlin. »Nein, mein Freund«, erwiderte Nynianne, »Du sollst ihn nicht machen, sondern sollst mich ihn machen lehren, damit er alsdann ganz in meiner Gewalt sei.« – »Es sei Dir gewährt«, sprach Merlin; fing darauf an sie zu unterrichten, und lehrte sie alles ohne Rückhalt, was zu einer solchen Verzauberung gehörte. Als sie es nun begriffen hatte, auch sich jedes Wort sorgsam aufgeschrieben – denn sie verstand die Schreibkunst, konnte auch sehr wohl lesen und verstand die sieben hohen Wissenschaften – als sie nun alles erlernt hatte, war sie voller Freude und Entzücken und bezeigte dem Merlin so viel Liebe, daß er kein andres Vergnügen mehr kannte als mit ihr zu sein.

Eines Tages gingen sie Hand in Hand im Wald von Broceliande lustwandelnd. Als sie sich etwas ermüdet fühlten, setzten sie sich unter einer großen Weißdornhecke, die eben süß duftend blühte, ins hohe kühle Gras nieder, scherzten und ergötzten sich mit süßen Liebesworten und Werken. Merlin legte dann seinen Kopf in den Schoß seiner Freundin, und sie streichelte seine Wangen und spielte mit seinen Locken, bis er einschlief. Als sie gewiß war, daß er schlafe, stand sie leise auf, nahm ihren langen Schleier, umgab damit die Weißdornhecke, unter welcher Merlin schlief, und vollendete die Bezauberung, ganz so, wie er solche sie gelehrt; neunmal ging sie um den geschlossenen Kreis und neunmal wiederholte sie die Zauberworte, bis er unauflöslich war; dann ging sie wieder hinein, setzte leise sich wieder auf den vorigen Platz und legte Merlins Kopf sich wieder in den Schoß.

Als er aufwachte und umherschaute, dünkte ihm, er wäre in einen entsetzlich hohen festen Turm eingeschlossen und läge auf einem herrlichen kostbaren Bett; da rief er: »O mein Fräulein, Ihr habt mich hintergangen, wenn Ihr jetzt mich verlaßt, und nicht immer bei mir bleibt, denn niemand als Ihr kann mich aus diesem Turme ziehen.« – »Mein Süßer Freund«, sagte Nynianne, »beruhige Dich; ich werde oft in Deinen Armen sein!« Dieses Versprechen hielt sie ihm treulich, denn wenig Tage oder Nächte vergingen, wo sie nicht bei ihm war. Merlin konnte nie wieder von dem Ort, an den er von Nynianne gezaubert war; sie aber ging und kam nach Wohlgefallen. Sie hätte nachmals ihm gern die Freiheit wiedergegeben, denn es dauerte sie, ihn in solcher

Gefangenschaft zu sehen; aber der Zauber war zu stark, und es stand nicht mehr in ihrer Macht, worüber sie sich in Traurigkeit verzehrte.

# XXXV
## Wie Gawin auf der Suche nach Merlin zwei seltsame Begegnungen hatte, Merlins Vermächtnis vernahm und schließlich heil zurückkehrte

König Artus war ganz sprachlos vor Schrecken und Entsetzen geblieben, als Merlin ihm die Worte gesagt, daß er ihn niemals wiedersehen würde; er konnte keine Worte finden und ließ Merlin gehen, ohne ihm Lebewohl sagen zu können. Angst- und trauervoll konnte er lange an nichts andres denken, und acht Wochen lang dachte er immer noch, er würde etwas von Merlin hören, und er könnte vielleicht doch noch wiederkommen. Als er aber nichts von ihm vernahm, wurde er ganz niedergeschlagen. Manchmal fiel ihm dann ein, er habe vielleicht Merlin auf irgend eine Weise erzürnt, und Merlin wolle ihn darum nie wiedersehen. Einen wahrscheinlicheren Grund konnte er nicht erdenken, und doch war dieser ihm der kränkendste von allen; so daß er nach und nach ganz tiefsinnig und betrübt wurde.

Endlich faßte sein Neffe Gawin Mut und fragte ihn um die Ursache seiner Betrübnis. König Artus erzählte ihm, wie Merlin von ihm geschieden und welche Worte er beim Abschied zu ihm gesagt. »Seit acht Wochen«, fuhr er fort, »erwarte ich ihn nun umsonst, so lange blieb er sonst nie aus; ich hätte ihn freilich nicht erwarten sollen, da er gesagt, ich würde ihn nie wiedersehen, denn er sprach nie eine Unwahrheit; aber ich konnte mich in seinen Verlust nicht finden, denn so wahr Gott mir helfe, lieber hätte ich meine Stadt London verloren als ihn. Ich bitte Euch, geliebter Neffe, so Ihr mich liebt, geht, erkundigt Euch nach ihm weit und breit und bringt mir Nachricht von ihm, denn ich kann nicht länger leben, ohne etwas von ihm zu erfahren.« – »Mein König«, antwortete Ritter Gawin, »ich bin ganz bereit, Eurem Befehl zu gehorchen; ich schwöre Euch bei dem Eid, den ich Euch ablegte, als Ihr mich zum Ritter schlugt, daß ich nicht eher ruhen will, bis ich Euch Nachricht von ihm bringen kann, und verspreche in einem Jahr wieder bei Euch zu sein, so Gott mir hilft, und Euch die Nachricht zu bringen, die ich bis dahin von Merlin erlangt habe.«

Dasselbe schwuren die Ritter Ywain, Sagremors von Constantinopel und noch dreißig andre Ritter, worunter die drei Brüder des Ritters Gawin, Gaheriet, Agravin und Gareheiz; sie schwuren alle, ein Jahr auszuziehen, um sich nach Merlin zu erkundigen. Sie ritten alle zusammen auf einem Weg aus der Stadt London hinaus; als sie aber im Wald an dem Kreuz anlangten, wo der Weg sich in drei Straßen teilte, nahm Sagremors nebst zehn andern Ritter einen Weg, Ywain wieder mit zehn den zweiten, so auch Gawin mit zehn den dritten Weg.

Ritter Sagremors und Ywain kamen mit ihren Haufen nach einem Jahr wieder zum König Artus, wo sie ihm die sonderbaren Abenteuer erzählten, welche ihnen auf ihren Wegen aufstießen, und deren wir an einem andern Ort Erwähnung tun werden, denn König Artus ließ alle die Abenteuer, welche seine Ritter bestanden oder erzählten, von vier gelehrten Schreibern, welche eigens dazu bestellt waren, sorgfältig aufschreiben. Von Merlin aber wußten sie nichts zu sagen, und keiner unter ihnen hatte etwas von ihm vernommen. Wir lassen sie, und kehren zum Ritter Gawin zurück.

Dieser war kaum aus dem Wald heraus, als er zu seinen zehn Begleitern sagte, er wünsche, sie ritten einen andern Weg und ließen ihn allein; die zehn, worunter seine drei Brüder sich befanden, verließen ihn ungern, denn sie wünschten sehr in seiner Gesellschaft zu reiten, aber seinem Befehl durften sie sich nicht widersetzen und mußten gehorchen. Ritter Gawin fand sich bald allein und suchte im ganzen Land umsonst nach Merlin. Als er nun eines Tages ganz schwermütig und in tiefe Gedanken versenkt in einen Wald ritt, begegnete ihm ein Fräulein, auf einem der schönsten schwarzen Zelter reitend; der Sattel war von Elfenbein und die Steigbügel von Gold; die scharlachrote Decke mit goldnen Fransen besetzt, hing tief, beinahe bis an die Erde, so auch waren die Zügel und Buckeln von getriebenem feinem Golde und auf das herrlichste verarbeitet. Die Dame selber war in weißen Atlas gekleidet und ihr Gürtel von Seide und sehr reich gestickt; den Kopf hatte sie in einen dicken Schleier gehüllt, um sich gegen den Sonnenbrand zu schützen.

Ritter Gawin war aber so tief in Gedanken, daß er sie nicht wahrnahm, als sie vorbei ritt, und sie auch nicht begrüßte. Als sie nun an ihm vorbei war, hielt sie an, wandte sich um und sprach: »Gawin, Gawin, es ist doch nicht alles wahr, was gesprochen wird. Von Dir geht das Gerücht im ganzen Königreich London, Du seiest der tapferste Ritter in der Welt, und das ist wirklich wahr; das Gerücht sagt aber auch von Dir, du seiest der artigste und höflichste; aber darin lügt das Gerücht. Du bist der unhöflichste Ritter, den ich je gesehen, so lange ich mich in diesem Walde aufhalte; denn Deine Grobheit und Unart erlaubt Dir nicht einmal, mich zu grüßen und höflich anzureden. Wisse aber, es soll Dir übel bekommen, Du sollst noch die Stadt London, ja das halbe Reich des Königs Artus darum geben wollen, dich besser betragen zu haben.« – »Schöne Dame«, rief Gawin ganz beschämt und erschrocken, indem er gleich beim Anfang ihrer Rede sein Pferd Gringalet angehalten und sich gegen sie gewandt hatte. »So wahr Gott mir helfe, es ist wahr, daß ich sehr unhöflich gewesen bin, daß ich vorbeiritt, ohne Euch zu grüßen; aber ich war in tiefen Gedanken und dachte an etwas, das ich suche; ich bitte Euch deswegen sehr um Verzeihung, vergebt mir, schöne Dame!« – »Mit Gottes Hilfe! doch hast Du Strafe verdient, und die mußt Du tragen, bis Du es ein andresmal nicht vergißt, die Jungfrauen zu begrüßen, sonst muß Du die Strafe ewig tragen. Im Königreich London findest Du nicht, was Du suchest, sondern in Klein-Britannien möchtest Du wohl Nachricht davon haben. Reite Deines Weges, und mögest Du dem ersten, dem Du begegnest, ähnlich werden, bis Du mich wiedersiehst.« Hierauf ritt die Dame fort, und Ritter Gawin empfahl sich ihr voll Angst und Schrecken.

Er war nicht lange geritten, als er einen entsetzlich häßlichen Zwerg auf einem Maultier begegnete, hinter ihm saß ein wunderschönes Fräulein; sie war die Geliebte des Zwerges, der vorher ein schöner Ritter gewesen. Als er dreizehn Jahre alt gewesen, verliebte sich eine Zauberin in ihn, als er sie aber nicht wiederlieben wollte, verwandelte sie seine schöne Gestalt in die eines häßlichen übelgestalteten Zwerges, auf die Art, daß er neun Jahre lang verzaubert blieb; während dieser ganzen Zeit verließ ihn die schöne Prinzessin, seine Freundin nicht, die auch mit ihm an König Artus Hof ging, und ihren Zwerg vom König Artus selbst zum Ritter schlagen ließ; sie blieb ihm treu, obwohl man sie von allen Seiten wegen ihrer Liebe zum Zwerge verhöhnte. Sie aber wußte, wer er war, und kannte seine Tapferkeit und seinen Edelmut, obgleich seine äußerliche Gestalt verächtlich schien, und wartete geduldig die Zeit seiner Schmach ab. Diesen beiden, wie gesagt, begegnete Ritter Gawin; sobald er sie gewahr wurde, grüßte er sie höflich, der ersten Dame eingedenk; jene grüßten ihn ehrerbietig wieder, und als sie eine Strecke aneinander vorbei waren, fand es sich, daß gerade die Zeit und die Stunde der Verzauberung des Zwerges um war, und er wurde plötzlich so schön und wohlgebildet, wie er vorher gewesen, und er war gerade zweiundzwanzig Jahre alt; sogleich mußte er die Waffen von sich werfen, die ihm nicht mehr paßten, und nun umarmte er seine treue schöne Geliebte, die so voller Freuden war, daß sie vor übermäßiger Freude beinahe gestorben wäre. Und nun kehrten sie freudig und Gott dankend zu ihrer Heimat und glaubten dieses Glück dem Herrn Gawin schuldig zu sein, der sie so freundlich gegrüßt und Gott empfohlen.

Herr Gawin aber fühlte, kaum daß er an den beiden vorbei war, wie ihm seine Kleider und seine Rüstung auf einmal zu lang und zu weit wurden; die Ärmel hingen ihm weit über die Hände, auch wurden die Beine ihm kürzer, seine eisernen Schuhe sah er in den Steigbügeln stecken, aber seine Beine reichten kaum über den Sattel weg. Das Schild ging ihm an zwei Ellen hoch über den Kopf hinaus, so daß er nicht drüber hinwegsehen konnte; auch schleifte sein Schwert ihm nach an der Erde, um so viel war das Gehänge ihm zu weit worden. Kurz, er merkte und sah ein, daß er ein Zwerg geworden, woraus er schloß, daß die Dame es ihm angewünscht, welche er nicht gegrüßt. Er war außer sich vor Zorn und Schrecken, und wenig hätte gefehlt, daß er sich das Leben genommen.

Ergrimmt ritt er schnell bis an den Ausgang des Waldes, wo er ein Kreuz fand auf einer Erhöhung; hier kletterte er hinauf, machte seine Steigbügel kürzer, sein Wehrgehäng und die Handhabe des Schildes enger, befestigte die Ärmel des Panzers aufwärts an den Schultern und machte alles so gut für sich zurecht, als es gehen wollte, aber unter beständigen Verwünschungen und Grimm, denn der Tod wäre ihm jetzt erwünschter gekommen als das Leben. Dann setzte er sich wieder auf und ritt betrübt weiter, unterließ aber doch trotz seiner Verunglimpfung und seines tiefen Grams nicht, allenthalben, an jeder Burg, in jeder Stadt, in allen Dörfern, in Wäldern und auf Feldern sich nach Merlin zu erkundigen; bei jedem Menschen, den er antraf. Viele von denen, die er traf und anredete, hielten sich über ihn auf und verspotteten ihn, denen erging es aber übel; denn wenngleich er an Gestalt ein Zwerg geworden, war es doch sein Mut und seine Tapferkeit nicht; er war wie vorher kühn und unternehmend, und manchen Ritter besiegte er unter seiner häßlichen Zwergengestalt.

Als er nun das ganze Königreich London über Berg und Tal allenthalben vergeblich durchsucht, erinnerte er sich, wie die Jungfrau, die ihn so schimpflich verunstaltet, ihm gesagt, er solle nach Klein-Britannien ziehen, dort würde er Nachricht finden von dem, was er suche. Er ritt also ans Meer und ließ sich nach dem Gallischen Land übersetzen, nach Klein-Britannien, und ritt sehr lange hier umher, ehe er etwas vernahm.

Als nun die Zeit nahte, daß er wieder zum König Artus sollte, sagte er zu sich selber: »Ach, was soll ich tun? die Zeit, daß ich zurückkommen soll, ist nahe, ich habe es meinem Oheim geschworen, zurück zu sein in dieser Zeit; ich muß es also tun, sonst wäre ich meineidig und unredlich. Zwar meineidig wäre ich nicht zu nennen, denn der Eid lautete: Wenn ich mein eigen sein würde. Und bin ich denn nun wohl mein eigen? ist diese schimpfliche Gestalt die meinige? und darum kann ich mich wohl von der Pflicht am Hofe zu erscheinen lossagen ... Wahrhaftig, diesmal habe ich übel geredet, denn steht es nicht immerdar in meiner Macht, zu gehen oder zu bleiben? Da ich nicht eingeschlossen bin und gehen kann, wohin es mir beliebt, so wäre es allerdings Meineid, wenn ich nicht meinen Schwur hielte. Habe ich den Leib gleich zeitlich verloren, so will ich doch meine Seele nicht verlieren und zu Gott bitten, daß er ihr gnädig sei, denn mein Leib ist schändlich zugerichtet.«

So sich beklagend, schlug er einen Weg ein, der ihn nach London zurückführen sollte, und hier kam er durch den Wald von Broceliande. Als er traurig vor sich hin ritt, hörte er auf einmal zu seiner Rechten eine Stimme, er wandte sich dahin, sah aber nichts als einen leichten Rauch, der sich in der Luft verlor, durch den er aber doch nicht hindurch konnte. Und da hörte er die Stimme wieder, welche rief: »Gawin, Gawin, gräme Dich nicht, denn alles geschieht, was geschehen muß.« – »Wer spricht mit mir«, rief er, »und wer nennt hier mich beim Namen?« – »Wie? kennt Ihr mich nicht mehr, Herr Gawin, ehedem kanntet Ihr mich doch sehr wohl; so ist das Sprichwort doch wahr, welches sagt: Entfernst Du dich vom Hofe, so entfernt der Hof sich auch. Als ich dem König Artus diente und den Hof und die Barone besuchte, da war ich von allen gekannt und geliebt, jetzt aber werde ich verkannt und sollte es doch nicht werden, wenn Treue und Glaube auf Erden wäre.«

Da erkannte Gawin den Merlin und rief. »O Meister Merlin, jetzt erkenne ich Deine Stimme, komm aber hervor, ich bitte Dich, daß ich Dich sehe.« – »Nie wirst du mich sehen«, antwortete Merlin, »auch werde ich nach Dir mit keinem Menschen sprechen, und Du bist der letzte, der meine Stimme vernimmt; auch soll künftig niemand hier nahen, selbst Du wirst nie wieder hierher kommen. Ich kann nimmer hier hinaus, wie weh es mir auch tut, muß ich doch ewig hier bleiben; nur die, welche mich hier hält, hat Macht und Gewalt, ein- und auszugehen nach ihrem Wohlgefallen, und sie ist die einzige, die mich sieht, und mit mir spricht.« – »Wie«, rief Gawin, »mein lieber süßer Freund, bist Du so fest gehalten, daß Du niemals wieder loskommst? wie kann Dir, dem Weisesten der Menschen, solches begegnen?« – »Ich bin auch zugleich der Törichtste«, antwortete Merlin, »denn ich liebe eine andre mehr als mich selbst; ich lehrte meine Liebste, wie sie mich fesseln könne, und nun kann keiner mich befreien.« – »O«, rief Gawin, »dies macht mich sehr betrübt, und es wird auch den König Artus sehr betrüben, der Dich in allen Ländern suchen läßt, weswegen auch ich hier bin.« – »Er muß sich darin finden lernen«, sagte Merlin, »denn er wird mich nie wieder sehen, so wie ich ihn nicht. Jetzt reite zurück, grüße die Königin von mir, den König und alle Fürsten und Barone, erzähle ihnen, wie es mit mir steht; Du wirst den Hof zu Kardueil finden. Gräme Dich auch nicht wegen dem, was Dir begegnet ist; Du wirst der Jungfrau wieder begegnen, und sie wird Dich entzaubern; vergiß aber nicht, sie zu grüßen.« – »Nein, sicher nicht, so es Gott gefällt«, rief Gawin.

»Gehabe Dich wohl«, sagte Merlin, »der Herr segne und behüte den König und sein Reich, samt allen Fürsten, und auch Dich, Gawin; Ihr seid die besten Menschen, die jemals wieder auf Erden leben werden.«

Herr Gawin ritt halb traurig, halb fröhlich fort, denn obgleich es ihm lieb war zu hören, daß er entzaubert werden würde, war ihm doch sehr betrübt zu Sinne, daß Merlin so verloren sei. Er setzte wieder übers Meer, begegnete der Jungfrau, grüßte sie mit lauter Stimme im Namen Gottes und fühlte sich auf der Stelle entzaubert, indem sie ihm den Gruß wiedergab; ritt darauf heitern Mutes in seiner vorigen schönen Gestalt nach Kardueil, wo König Artus Hof hielt, und alle Großen und Fürsten des Landes um ihn her versammelt waren. Groß war die Trauer und das Leid, als Ritter Gawin erzählte, wie niemals jemand Merlin wieder sehen oder hören würde, und in welcher Gefangenschaft er immerdar bleiben müsse; und alle weinten, als sie vernahmen, wie er die Königin, den König und die Barone gegrüßt, und sie alle nebst dem ganzen Reich noch gesegnet.

Made in the USA
Middletown, DE
13 August 2023

36672803R00056